nya
ニャ文庫

ためらいの代償

藤波ちなこ

イースト・プレス

contents

1

静かに景色が流れてゆく。

空は鈍《にぶ》い灰色に染まり、河畔《かはん》では枯れた葦《あし》の叢生《そうせい》が寂しげに冷たい風にたなびいている。

冬の夕陽が落ちる中、小さな運河船《うんがせん》はゆっくりと河《かわ》を上っていた。

他の乗客と離れ、船べりに座っているのは、ひとりの少女だった。

亜麻《あま》色の髪を顔の片側に寄せて三つ編みに結い、首もとまで襟《えり》の詰まった質素な紺のワンピースに外套《がいとう》を重ね、つばひろの白い帽子を目深《まぶか》に被っている。

その目は、珍しいことに片方ずつ色が違っていた。

右目は水色で、左目は緑色。

遠くからでも一目で異相《いそう》だとわかり、誰もに気味悪がられてしまう。

少女の名前はマリアといった。

孤児院で神父につけてもらった名だ。

マリアは、ある雪の降る朝、まだへその緒《お》も取れないまま、膝掛けにくるまれて教会の前庭に捨てられていた。修道女が朝のお祈りのために外に出てくるのがもう少し遅ければ、凍え死んでいたところだった。

修道女に拾われたマリアは、教会が経営する孤児院で育てられた。

生みの親の手がかりになるものは何もなかった。孤児院にはそんな子どもが何人もいた。とはいっても、一緒に育った他の女の子たちは、とっくに里親のなり手や奉公《ほうこう》先が決まり、次々と孤児院を巣立っていった。マリアだけが、一度決まった奉公先からも追い出され、最後まで引き取り先が決まらずじまいだった。

ひと月ほど前のある日、孤児院の院長が、マリアを院長室に呼びだした。

そして、彼女をもらいたいという人が現れたことを告げたのだ。

この年まで売れ残ってしまったマリアを迎えてくれるのは、里親でも勤め先でもない。持参金なしでも後妻が欲しいという奇特《きとく》な資産家だった。

名前を、ハインツ・ファーレンホルストという。

マリアの倍以上の年齢で、十数年も前に妻に先立たれており、マリアより年上の息子までいるという話だった。

貿易で成功したと言うが、今は事業を全て息子に譲り、隠居しているらしい。

年上だとか、息子がいるだとかいうことは、マリアにとって縁談を拒む理由にはならなかった。マリアは、自分が長年にわたって修道女たちの手を煩《わずら》わせてきたことを、ずっと申し訳なく思っていたのだ。

孤児院で一番の年上になってしまった自分が出て行けば、親のない子のためのベッドがひとつ空く。

それだけではなかった。

マリアの夫となる人は、マリアが嫁《とつ》ぐことと引き替えに、孤児院に多額の寄付をしてくれた。そのおかげで、いつもひもじい思いをしている育ち盛りの子どもに、ひとかけらでも多くパンを食べさせることができる。継《つ》ぎ当てだらけの衣服を作り直し、礼拝《れいはい》堂のひびわれたステンドグラスや、大部屋の傾いた窓枠を修繕《しゅうぜん》することもできる。

きっと、ファーレンホルスト氏は、重い病気を患っているか、老いてよぼよぼになって、身の回りの世話が必要なおじいさんなのだ。看病する者が必要になったから、孤児院育ちの自分を引き取ろうとしているのだろう。

寄付は、自分を買った代金のようなものだ。

マリアは思う。

それでも、精いっぱい心を込めてお世話をすれば、家族として可愛がってもらえるはず。なんといっても、こんな年になるまで里親も奉公先も決まらなかったマリアのような娘を、欲しいと言ってくれる人なのだ。

きっと悪い人ではないだろう。

心を強く持とうと思うけれど、たったひとりで知らない町へゆくのは、寂しい。

不安を小さな胸に押し隠しながら、マリアは船に揺られる。

運河を上った先の町に、マリアの終《つい》の棲家《すみか》になる場所がある。

そこで待っているのが、どんな人たちなのかはわからないけれど……。

マリアはその冬、十七になったばかりだった。


すっかり日が暮れた頃、運河船は小さな町の船着き場に着いた。

マリアの先を行くのは、ファーレンホルスト家の家令《かれい》で、姓をアモンといった。五十になるかならぬかの白髪混じりの男性だ。寡黙《かもく》な人らしく、今朝、一緒に孤児院を出てから、数えるほどしか彼の声を聞いていない。

マリアは黙って彼のあとをついてゆく。

彼が、マリアの恥ずかしくなるほどみすぼらしく小さなトランクを恭《うやうや》しく抱えているのを見ると、なんだか申し訳なくなってしまう。マリアの荷物といったら、何組かの下着類と裁縫道具くらいのもので、あっけないくらい軽かった。

桟橋《さんばし》を渡り切ったところで、アモンが立ち止まったので、マリアも足を止める。

アモンは何度も周囲を見まわし、何かを探しているようだった。

懐中時計を取り出して時刻を確かめ、いかめしく眉を寄せていた彼が、振り返ってマリアに向き直る。

「マリアさま。迎えの者が来ているはずなのですが、待ち合わせ場所を間違えているようです」

そう言って、船着き場を見渡せる場所のベンチを示した。

「探してまいりますのでこちらでお待ちいただけますか。どうかこちらを離れられませんよう」

マリアは頷いて、トランクを下げたまま夜の町に入っていくアモンを見送った。

町は、日が落ちた後も、街灯に照らされて昼のように明るい。運河船が人と物を運ぶから、その中継地として栄えているのだろう。

人を乗せる運河船は、次の便が最後のようだった。さっきまでマリアたちが乗っていた船が、折り返して運行する準備をはじめていた。

マリアがベンチに掛けようとしたとき、川に向かって、強い風が吹いた。思わず首をすくめたが、遅かった。つばひろの帽子が風にさらわれる。

「あっ――」

帽子は桟橋のほうに舞い上がってしまう。

その先に、ひとりの男性がいた。黒い山高帽《やまたかぼう》をかぶった、若い紳士だった。

マリアの帽子は地面に落ちて、彼の足もとに滑って行った。

黒いコートの男性は、長身をかがめてマリアの帽子を拾い上げる。見とれるような優雅な仕草だった。

マリアは彼に近づいて、頭を下げた。

「申し訳ありません。その帽子……」

マリアの声に、彼は白い帽子から目を上げた。彫刻のように整った顔がマリアに向けられる。年は二十五、六ほどだろうか。薄い水色の目は氷のようだ。

マリアはその目に少し怯《ひる》みながら、続けた。

「わたしのものなんです。拾っていただいて、ありがとうございます」

彼が目を瞠《みは》った。じっとマリアの顔を見つめている。

マリアは思わず目を伏せた。

きっと、色の違う両目に気づかれたのだ。こんなに明るいのだから、無理もない。

忌《い》まわしい、気味が悪いと、そう思われたに違いない。

マリアは俯《うつむ》いた。

気まずい沈黙が流れた。額《ひたい》のあたりに彼の視線を感じた。

「……連れは？」

低く、なめらかな声だった。

それが自分への問いだと気づくのに時間がかかった。

マリアは顔を上げる。彼は真っ直ぐにマリアを見下ろしていて、怖い印象は消え失せていた。むしろ、彼の表情は、優しげでさえあったかもしれない。

「さっき、迎えの馬車を探しに行ったところで……、あちらのベンチに座っているように言われているんです」

「このあたりには初めて？」

続けて尋ねられ、マリアは戸惑いながら答える。

「はい。あの船に乗って……」

「どこから？」

「北の方の小さな町です。馬車と船を乗り継いで」

「旅行だろうか」

「――いいえ。わたし……」

続けようとして、マリアは思わず口を噤《つぐ》んでしまう。

なぜだかわからないけれど、この人に、自分がこれから結婚するということを知られたくなかったのだ。

それでも嘘は言えず、消え入るような声で、マリアは告げた。

「わたし、こちらに嫁ぐことになっているんです」

その言葉に、彼の顔が一瞬だけ強張《こわば》った。

けれど、すぐ、薄い唇が引き結ばれる。

「連れは、夫になる人？　こんな風に知らない男と話していては、君が叱《しか》られてしまうだろうか」

「いいえ、一緒に来たのは向こうの家の人で、わたしは、相手の方の顔を知らないんです」

「顔も知らない相手と結婚をするのか？」

別に珍しいことでも何でもないはずなのだが、彼に言われると、何だか悪いことのように思えてきた。

「わたしは……」

そうマリアが言いかけたとき、運河船の案内が始まった。

マリアは彼の荷物を見下ろした。大きなトランクと革製の書類鞄を見るに、あの船に乗って遠出するところなのだろう。出張だろうか。きっと、立派な職に就いているに違いない。

マリアは言った。

「あの船に乗られるのでしょう？　今日最後の便だと言っていましたから、遅れるといけません」

「だが、こんなところにひとりにはできない」

マリアは、大丈夫だから行ってください、と言って微笑んで見せた。

彼はじっとマリアの顔を見て、しばらく逡巡《しゅんじゅん》したようだったが、頷いた。

大きな手が、マリアの帽子の埃《ほこり》をはらう。

そして、帽子がマリアにそっと差し出された。彼の手は、節《ふし》が高く指が長くて、きれいな爪をしていた。何かを支配したり管理したりする手、羽ペンを握るための手だ。

対するマリアの手は、ひびわれとあかぎれだらけで、かさかさしている。

手を見るだけで階級がわかるというのは本当だ。

こんな場所でこんなことがなければ、言葉を交わすことすらなかったはずの相手だ。もしもふたりをひとつの大きなお屋敷の住人に例えるとしたら、彼は屋敷の主人で、マリアは階下の雑役婦《ざつえきふ》といったところだろう。

自分の荒れた手を恥ずかしく思いながら、マリアは帽子を受け取った。

もう一度礼を言う。

「ありがとうございます。よい旅を」

「君も。——お幸せに」

彼は小さく会釈《えしゃく》すると、踵《きびす》を返して運河船の乗り場へ向かって行った。

見知らぬ人の妻になるマリアに、少女なら誰でも憧れるような紳士が、ひとときの小さな思い出をくれた。二度と会うことはないだろうと思いながら、マリアは、彼が船の中に消えるまで、その背中を見つめていた。


町から馬車に乗って半時《はんとき》ほどで、ファーレンホルスト家の家門の前に着いた。

馬車は門をくぐって少し速度を落としたものの、止まる気配がない。

マリアは窓から外の様子をうかがった。石畳の道の左右には鬱蒼《うっそう》とした木立《こだち》が見えるばかりで、建物らしきものの影もない。あたり一面がこの家の敷地らしかった。

(こんなに広いと思わなかった……)

これだけ大きな屋敷ならば、さぞたくさんの使用人がいるのだろう。よく考えれば家令を雇うほどの家だし、この四頭立ての馬車だって立派なものだ。それを維持するだけの財力がファーレンホルスト家にはあるということだ。

マリアは、夫になる人のことを、こぢんまりとした家で隠居する老人だと想像していたが、どうやら事実は全く違うようだ。

アモンは、向かいで戸惑うマリアに気づいているのかいないのか、表情を変えずに腰かけている。

「本日は、マリアさまを屋敷の離れにご案内します」

静かな声でアモンは言った。

(離れというのは、他の使用人の人たちと一緒ということかしら)

その方が気が楽でよさそうだった。孤児院にいるときから、大部屋で何人も一緒に寝るのが当たり前なのだ。

アモンは続けた。

「主人は所用で出かけておりますが、一週間後に戻ります。教会での結婚式までは、顔を合わせないというのが主人の意向です」

（結婚式？）

マリアはてっきり、自分の結婚は、戸籍を変える届を出すだけのことだと思っていた。夫は初婚ではないし、マリアには身寄りはなく、そのうえふたりは年が違いすぎる。世間体を気にするならば、結婚式など必要ないはずだ。

「あの、結婚式をするのですか？」

「さようです。あなたさまは、わが主人の花嫁になられるのですから。式は主人が戻り次第、近くの教会で行う予定です」

なぜ当たり前のことを聞くのか、とでもいうかのように、アモンはそれきり黙り込んでしまった。取り付く島もない。

しばらくして馬車が静かに止まった。御者《ぎょしゃ》が外から扉を開けると、アモンが先に外に出る。マリアはアモンに手を支えられながら馬車から下りた。

顔を上げた先に、木々に囲まれた、一階建ての瀟洒《しょうしゃ》な館《やかた》があった。白い壁一面に蔦《つた》が這《は》う、年代を感じさせる建物だ。

その玄関の前に、お仕着《しき》せに白い前掛けをかけたひとりの女性が立っていた。

女性は、マリアに深く頭を下げた。

「いらっしゃいませ、マリアさま。お世話をさせていただきます、ハンナと申します。中にご案内いたします」

ふっくらとした体つきで、年は三十後半か四十くらいだった。孤児院の修道女のように優しい雰囲気の人なので、それだけでマリアはほっとしてしまう。

マリアはハンナについて屋内に入った。後ろにアモンが従う。

中はちょっとしたロビーで、長椅子や卓《たく》が並び、絵画や薔薇の生花で華やかに飾られている。

ハンナは少し狭い通路に入り、突き当りの扉の前で止まった。

「こちらがマリアさまのお部屋です」

導かれて部屋に足を踏み入れたマリアは、思わず息を呑《の》んだ。想像と全く違う場所だったからだ。

部屋は、白いレース模様の壁紙と、飴《あめ》色の木で統一され、可愛らしくも落ち着いた雰囲気になっている。マリアの育った孤児院の大部屋の二倍以上の広さだが、家具は卓と椅子、長椅子、そして寝台だけで、ゆったりと空間を使っていた。

「あの、何かの間違いではありませんか？」

アモンがハンナにマリアのトランクを手渡している。彼女はそれを受け取りながら、困ったように眉を下げる。

「お気に召しませんでしたか？」

ハンナはマリアのトランクをさも大事そうに長椅子の上に下ろし、両手を胸の前で組んで、不安げに部屋を見回す。

「ここでは少し手狭《てぜま》でしょうか？」

「とんでもないことです。このお部屋は素敵ですが、でも、立派すぎます」

マリアは俯いた。

「わたし、もっと狭いところに、誰かと一緒なのかと思っていたんです」

マリアが口ごもると、ハンナはあっけにとられたような顔をした。

「どうして奥方さまになられる方を誰かと相部屋なんかにできましょう！　そんなことをしたら、旦那さまにくびにされてしまいます」

さっき、アモンも似たようなことを言っていた。お金持ちはそういうものなのだろうか、とマリアは思う。

「お疲れでしょう？　ショコラとお菓子をご用意していますから、どうぞ、召し上がってくださいませ」

そう言われて椅子に掛けるよう促《うなが》されると、待っていたというように他の女中が飲み物と焼き菓子を運んできた。部屋中に甘い匂いが漂う。食べきれないほどのお菓子が並べられるのを見ながら、マリアはハンナに尋ねる。

「あの、これは夕食なのでしょうか？　わたし、こんなにたくさん食べられない……」

「とんでもない。夕食は別です。好きなだけ召し上がって、食べられないなら残していただいてよいのです。他に召し上がりたいものがあったらお教えくださいませね。当家の料理人の腕は抜群ですから」

マリアはハンナの言葉に頷くしかない。

「少しお腹に入れたら、お湯浴《ゆあ》みをして、着替えましょう」

その言葉通り、マリアは一杯のショコラを口にした後、ハンナによって裸に剝《む》かれ、大きな盥《たらい》に入れられて、入浴させられた。

蜂蜜《はちみつ》の匂いのするシャボンをかぶり、ハンナの手で優しく全身を泡だてられながら、ふと、今朝出てきたばかりの孤児院を思った。

孤児院では、こんなにもたっぷりとお湯を使うことは許されない。夏は水浴び、冬はお湯を絞った布で身体を清めるのがせいぜいだ。小さな子を拭《ふ》いてあげるのはマリアの役目だった。

孤児院はマリアの家だった。修道女たちがマリアの母代わりだった。彼女たちはとてもあわれみ深く、時には厳しく、孤児たちを愛してくれるけれど、決してマリアだけの母親にはなってくれなかった。マリアは彼女たちに甘えたり、わがままを言ったりしたことなど一度もない。中には上手に大人を困らせ、可愛がられる子もいて、そういう子はすぐに里親が決まって孤児院を出て行った。

ハンナの手が髪の毛を洗いはじめる。

マリアは、緊張しながらされるがままになっている。

ふくよかな手が、マリアの顔にかかった泡をぬぐい、目元をそっと撫《な》でた。

マリアがおそるおそる瞼《まぶた》を開けると、不思議そうにハンナが覗きこんでくる。

「とてもきれいな目をなさっているのですね。旦那さまのおっしゃっていた通り」

マリアは小首を傾げた。一体どこで夫になる人に会ったというのだろう。

「どちらの目のお色に合わせて衣装を作ったらよいか、嬉しい悩みです」

「衣装をつくる？」

「当面のお召し物は用意していますし、一番大切な結婚式のドレスは、あとはもう仮縫いで寸法《すんぽう》を合わせるだけですの。旦那さまが結婚式に間に合うようにと注文されてしまいましたから。でも、それ以外にも楽しみはあります。夜会服に、散歩用のドレスに、部屋着も……」

言いながら、ハンナは、肩、背中、腰回り、足まで洗ってしまった。お湯で全身を濯《すす》ぎ、外套のように大きなふわふわとしたタオルでマリアの貧相な身体を包みこむ。

拭きあげられ、いい香りのする水と白いなめらかなクリームをたっぷりと肌に丁寧に擦り込まれる。薔薇水とシアバターというものらしかった。

そのあと着せられたのは、羽のように軽く、とろけるような手触りのシュミーズだった。首周りにレースが使われた、真っ白な新品だ。

マリアがそのあまりの贅沢さに恐縮していると、ハンナがドレスを抱えて現れる。

「室内着にお着替えをと思いましたが、お疲れのご様子ですね。無理もありません。このままおやすみになりますか？」

ハンナの気遣いで、そのまま、夕食はとらずにやすむことになった。

ガウンを羽織ると、天蓋《てんがい》付きの大きな寝台に入れられる。

「御用の時は、これを引いてくださいね。鈴が鳴りますから」

ハンナはそう言って、枕の上あたりから下がる紐《ひも》を示した。

マリアはふと、あることをハンナに尋ねた。

「旦那さまはお出かけになっていると聞きましたが、他にご家族はいらっしゃらないのですか？　どなたにもご挨拶しないままでいいのかしら」

「お気になさらないでください。このお屋敷にはご令息のマクシミリアンさまもお住まいですが、ちょうど、マリアさまと入れ違いにお出かけになったのですよ」

マリアはそれを聞いて安堵《あんど》した。ハンナが外から寝台の垂《た》れ幕を下ろしてくれる。

ようやくひとりきりになり、暗闇の中、マリアは深く息をつく。

（なんだか、考えていたところと、違うところに来てしまった……）

こんな贅沢な暮らしが、自分に許されるはずがない。

今も自分は、孤児院のベッドで夢を見ているのではないだろうか。

つねった頬は、ハンナの手入れのおかげか、とてもすべすべしていた。


結婚式までの一週間、マリアは屋敷の離れから一歩も出ずに過ごした。

早寝早起きが習慣のマリアは、毎朝、ハンナが起こしにくるよりも先に目覚めているが、彼女が寝室の窓掛を開けてくれるまで寝台の中でじっとしている。

朝食は、白い柔らかいパンに、卵、新鮮な野菜と果物で、これも食べきれないほど卓に並べられた。

困ったマリアが、次の日からは量を減らしてほしいと頼んだほどだった。

朝食を終えると、ハンナに手伝われて午前の服に着替える。

息つく暇もなく、今度は仕立て屋がやってくる。

数人のお針子が山のような布地見本とデザイン画を部屋中に広げ、マリアの身体のあちこちを採寸した。ドレスはどれもこれも絹やモスリンの上等な生地で、動き回るのには邪魔になりそうな形のものばかり。もう何着仮縫いをしたかわからないくらいだ。

一番初めに仕上がったのは、夫になる人があらかじめ注文していたという、結婚式のためのドレスだった。クリーム色のシルクタフタが使われていて、ほとんど飾りらしい飾りのない簡素なドレスだ。

どんなドレスを見せられても恐縮してしまったマリアだが、このウェディングドレスだけは、地味なところが好《この》もしいと思うのだった。

つい一週間前まで、マリアは、自分がこんな花嫁衣装を着せてもらうなんて夢にも思ったことはなかった。それどころか、祝福してくれる人もいない自分は、一生結婚することなどないだろうと、諦めていたくらいだ。

夫になる人はどんな人なのだろうと、マリアは毎晩考えた。

おそらく、マリアが考えていたような、よぼよぼの老人ではないのだろう。

とはいっても、孤児院でほとんど異性と接しないまま育ったマリアには、どんな人なのか想像もつかない。

男性といって思いつくのは、名付け親である優しい神父と、近くの町で開業していた少し意地悪な医者、それからこの屋敷の家令であるアモンくらいのものだ。

いや、もうひとりいる。

運河船の着く町で出会った、黒い帽子の紳士だ。

たった一度、偶然に言葉を交わしただけだったけれど、マリアはどうしてだか、彼のことを忘れることができない。

出会うはずのない人だったから、とても強く印象に残っているのかもしれなかった。

夫になる人の人となりすら知ることがないまま、屋敷での一週間はあっという間に過ぎ、とうとう、ウェディングドレスを着る日がやってきた。

その日は、聖誕祭《せいたんさい》の前日だった。

朝、マリアはやはり、ハンナがやってくる前に目を覚ました。簡単な朝食を済ませて外出着に着替え、馬車に乗って屋敷を出た。

教会にはすぐ着いた。

告解室《こっかい》で、結婚式用のドレスに着替えた。ハンナは、仕上げにマリアの髪を清楚《せいそ》に結いあげ、頭に厚いベールをかけた。そして、告解室の扉を開けて、マリアを聖堂に送り出した。

マリアは、ベールの向こうを見つめる。

ステンドグラスが飾られた祭壇《さいだん》のもとに、神父と、ひとりの男性が立っていた。

黒い礼服を着て、マリアを待つようにこちらに体を向けている。

顔はよく見えないが、花婿であるハインツ・フォーレンホルストに違いない。

聖堂の中には、その他に誰もいなかった。

マリアは、誘われるようにゆっくりと、ひとりで赤い絨毯《じゅうたん》の上を進んだ。

顔さえわからない夫のもとへ。

花婿の一歩後ろに着くと、彼が左手を差し出してくる。右の手には白い手袋が握られていた。

マリアがその手を取れずにいると、そっと腕を摑《つか》まれ、隣へ引き寄せられる。

赤子のときから聞きなれた、オルガンの音も聖歌もない。

厳《おご》かな静寂が聖堂を支配していた。

神父が、形ばかり聖書の一節を読んだ後、重々しい声で尋ねる。

「その健やかなるときも、病めるときも、富めるときも、貧しいときも、互いを愛し、敬い、慰め、助け、その命ある限り真心を尽くすことを誓うか」

花婿が迷いなく、はい、と確かな声で答える。低くなめらかな美声だった。

自分は、花婿の顔も知らない。どんな人となりで、どんなことを思ってマリアを妻に望んでくれたのか、そんなこともわからない。

そんな自分が、教会で、生涯をかけて守るべき神聖な誓いを立ててもいいのだろうか？

マリアは、僅《わず》かばかりのためらいのあと、消え入るような声で言った。

「——誓います」

聞き届けた神父は、祭壇から小さな箱を取り上げ、ふたりの前に差し出した。

「指輪の交換を」

箱の中で、小さな白いクッションに抱かれて、ふたつの指輪が輝いている。ひとつは白金《プラチナ》色の大きな指輪で、もうひとつは、緑色の大きな石がはまった女性用の指輪だった。

神父に促され、マリアは大きな方の指輪を取り上げた。

花婿が左手を差し出してきたので、その薬指に指輪をはめこむ。

次に、彼が手にしていた手袋を祭壇の上に載せたあと、小さな指輪を大切そうにつまみあげた。左手でそっと包むように手を取られ、長く節張《ふしば》った指で薬指に指輪をはめられた。

指輪は、あつらえたようにぴったりとマリアの手に馴染む。大粒の石がきらきらとステンドグラスの光を受けて輝いた。

「それでは誓いのくちづけを」

花婿の両手が、マリアのベールにそっとかかる。

ゆっくりと視界がひらけた。

ベールの向こうに、銀髪の紳士が立っている。

(やっぱり、知らないひとだわ)

年は、四十くらいに見える。

背が高く、聞いていたような年齢ほどの老けた感じは少しもない。堂々として構え、見とれるほどに礼服が似合っていた。

その濃い緑色の瞳が、真っ直ぐマリアを見下ろしている。

彼の唇が、微《かす》かな笑みをしのばせながら動く。

「やっと、手に入れた」

囁くような声は、そう聞こえた。

その言葉の意味を考える時間は与えられなかった。

彼の顔が近づいてきて、マリアは思わず目を閉じる。

乾いた唇が重なる。

強い腕に抱き寄せられる。

虫ピンで翅《はね》を留められた蝶のように、マリアは動けなくなっていた。


それからのことは、あまりよく覚えていない。

告解室でドレスを着替え、来たときと同じように、夫とは別の馬車に乗った。

彼は、教会を出たその足で、役所に婚姻の届けを出しに行ったらしかった。

帰りついたマリアは、離れではなく母屋《おもや》の一室に案内された。母屋は、離れの比にならないほど大きな、まるで宮殿のような建物で、マリアに用意されていた部屋もまた同様だった。そこは、正妻のための部屋だったのだ。

広い居室に専用の化粧室が備《そな》わり、居室の奥の扉は、夫婦の寝室につながっているということ。

マリアが我に返ったのは、ぼうっとしたまま夕餐《ゆうさん》と入浴を済ませたあと、その夫婦の寝室に導かれたときだった。

孤児院育ちの生娘《きむすめ》であるマリアだが、男女がひとつの床に眠るということがどういうことかということくらいわかっている。

ハインツに教会でくちづけられたときのことを思い出す。

くちづけは触れるだけの短いものだったが、マリアの全身はかっと熱くなって、頭がしびれるように感じられた。

あれ以上のことをするというのだろうか。

ほとんど、今日初めて会ったような人と、できるのだろうか？

ハンナが扉を開けてくれたので、マリアはゆっくりと寝室へ足を踏み入れた。

部屋の灯《あか》りは、サイドテーブルの上のオイルランプと、暖炉《だんろ》の熾火《おきび》だけだった。

ふたつの炎が、広い部屋をほんのりと照らしている。

背後で静かに扉が閉まった。そして、ほとんど音を立てずに、外側から鍵が掛けられた。

マリアは身を震わせる。

大きな寝台が、部屋の中央に鎮座《ちんざ》していた。

ハインツ・フォーレンホルストは、その寝台に、まさに主として腰かけていた。黒っぽいガウンを羽織り、軽く腕を組んで、こちらを見ている。

猛獣の類《たぐい》が、追いつめた獲物を前にため息をつくような、余裕のある瞳で。

マリアは一歩も動けなくなってしまった。

「こちらにおいで」

ハインツが言った。

マリアはびくっと肩を揺らした。

「何も取って食《く》ったりはしないから、怖がらないでおくれ」

存外《ぞんがい》に優しい声だった。

マリアは一歩ずつ、ゆっくりと寝台に足を進める。手を伸ばせば届く距離まで近づいて、顔を上げた。

ハインツが見つめていた。

後ろに撫でつけていた前髪を下ろしているせいか、少しだけ若く見える。高い鼻梁《びりょう》は少し鷲鼻《わしばな》ぎみで、整った顔立ちに野性味を加えていた。薄い唇が笑みの形を描いている。

近くで見てみれば、ほのかなランプの灯りのせいか、柔らかい表情に見えた。

やはり、マリアはその顔に見覚えがなかった。

「よく来てくれたね。一週間、かまってあげられず、寂しい思いをさせただろう」

マリアは小さく首を振った。

「ドレスがとてもよく似合っていた。思った通りだった」

彼は満足げに言った。自分の顔をうかがい見るマリアに何を思ったのだろう、少し首を傾けて、目を細めた。

「私に聞きたいことがあるのだろう？　当ててみようか。『どうして自分がここにいるのか』、違うかね」

マリアは目を見開き、素直に頷いた。

思わず俯いてしまう。

「ひょっとして、私は、看病か介護が必要な年寄りだと思われていたのかな。孤児院から引き取られたのは、名ばかりの妻として、使用人のように私に仕《つか》えるためだとか」

マリアは、大変な非礼だとは思いながら、頷くことで、自分の恥ずかしい思い込みを認めてしまった。

ハインツは続けて尋ねる。

「だから、ハンナに自分の部屋は相部屋ではないのかと聞いたり、仕立て屋の持ってきたデザイン画を見て、こんなものを着たら働けないと言ったりしたのだね」

マリアは目元から下が真っ赤に染まっていくのを感じた。

「……はい」

マリアは声を絞った。

「可愛いね。嘘がつけないのだな」

大きな手がそっと伸びてきて、マリアの頬に触れた。

洗い髪を梳くように頭を撫でられて、顎を上げる。

視線が交わった。

彼は笑みを深くした。

マリアは気分を害しても仕方のないことを言ったのに、彼は怒っていないようだった。

勇気を出して、マリアは唇を開いた。

「まだここに来て一週間ですが、わたしは、とんでもない贅沢をさせていただいていると思います」

一日に二度三度も着替えるために何着も衣装をつくり、食べられないほどの豪華な食事を用意され、何もかもを人の手に委《ゆだ》ねて働かずに過ごした一週間。真綿《まわた》で包まれるように暖かで快適で、同時に苦しかった。

マリアは、幼いころから、清貧《せいひん》と勤労こそが美徳だと教えられて育った。

日が昇《のぼ》る前に起床して、土にまみれ、汗を流して働いて、やっとその日の糧《かて》を得る。一日を平穏に過ごせたことを神に深く感謝して、疲れきって藁《わら》の寝台で眠る。

自給自足で、何もかも足りないのが当たり前の生活だったけれど、それを不満に思ったことなど一度もなかった。

こんな風に甘やかされて、堕落《だらく》してしまうことが怖かった。

「ご存じだと思いますが、わたしは親の名前もわからないみなしごで、孤児院からほとんど外に出たこともありません。この年になるまで里子にもなれず、奉公先からも返されて、おまけにおかしな目の色をしています。わたしには、こんなによくしていただく理由はないんです」

聞きながら、彼は柔らかい笑みを崩さなかった。

「とても美しい目だよ。少なくとも私は、一目で虜《とりこ》になってしまった」

マリアはその言葉を訝《いぶか》しく思った。

いったいいつ、彼と顔を合わせたというのだろう。

「いつか、お目にかかったのでしょうか。覚えがなくて……、申し訳ありません」

ハインツはマリアの顔に当てた手をゆっくりと引く。

寝台から腰を上げ、ほのかに明るい暖炉の側まで足音も立てずに歩いた。

暖炉棚には、小さな置き時計とともに、クリスマスリースや燭台《しょくだい》がつつましやかに飾られていた。

「今晩は聖夜だね」

マリアの問いかけに答えるでもなく、ハインツは言った。

「去年は、どんな風に過ごしたんだい」

話題が変わってしまったことに戸惑いを覚えながら、マリアは尋ねられた通りに記憶を探る。

孤児院でも、聖誕祭の季節だけは、柊や宿木《やどりぎ》の葉、部屋中からかき集めたリボンや色紙で、室内を華やかに飾りつけたものだ。その時期、神父や修道女たちは日に何度もミサをあげるために大忙しだったから、子どもたちの中には、いつもは許されない夜更かしをしたり、就寝前のお祈りを怠《なま》けたりする者もいた。

毎年、同じことの繰り返しだった。

いや、去年だけは、違っていた。

暖炉の火が小さく爆《は》ぜるのを見つめながら、マリアは話しだした。


去年の冬は、ひどく冷えた。

聖誕祭の十日ほど前から寒さが厳しくなり、備えが十分でなかった孤児院では風邪をひく子が後を絶たなかった。その中でも、六歳になる双子の姉妹の状態が悪かった。ふたりそろって、聖誕祭の前夜になっても高熱が引かなかったのだ。

医者は少し離れた町にしかいないので、そこまで呼びに行かねばならなかった。

神父は告解室にかかりきりだったし、修道女たちもミサの準備のために教会を離れられなかったから、その役目は自然に最年長のマリアが引き受けることになった。

編み上げの革長靴を履き、擦り切れかけた外套を被って、マリアは出かけた。

町までは普通の天候のときでも半時ほど歩かねばならず、雪の中を行くのはもっと時間がかかりそうだった。

少し歩けば爪先《つまさき》に解けた雪が染みて、あっという間にくるぶしまで氷に包まれたようになる。外套は布地が薄くて、雪はしのげても寒さを防ぐ足しにはならなかった。

雪が降り積もっているために、あたり一面が明るいのだけが救いだった。

街道《かいどう》をしばらく歩いて、町まであと少しというとき。

道の向こうから、大きな四頭立ての馬車がやってきた。マリアは、馬車のためにのろのろと道の端によけた。膝まで雪に埋もれても、もう気にならなかった。

馬車はマリアとすれ違うために少し速度を落としたが、車輪が運悪く水たまりの上を渡り、濁《にご》った雪水を車体の左右に撥《は》ね上げてしまった。

マリアは、腰から下にまともに冷たい泥水を浴びた。びっくりしたけれど、もうほとんど全身が雪で濡れ、ひどい有様だったので、今更どうということもなかった。

マリアは寒さに小さく身を震わせて、そのまま歩き続けた。

行き違った馬車は、すぐに止まったらしい。背後から御者が駆けよって来た。

『お待ちください！』

呼びかけられ、マリアは足を止める。

立派な格好の御者が帽子を脱いで、頭を垂れていた。

『失礼をいたしました。お召し物をお汚ししてしまいました』

『いいんです。もともと汚れていましたから』

マリアが言うと、御者はますます深く頭を下げる。

『とんでもないことでございます。主人が直接お詫びしたいと申しておるのですが、車は引き返すのが難しく、大変失礼ながら、近くまでお越しいただけませんでしょうか』

馬車の持ち主は貴族か、よほどの富豪だろう。なのに、馬車から降りることはしないまでも、みすぼらしいみなりの娘にも直《じか》に詫びようとしてくれるその態度に、マリアは少し驚いた。

時間は惜しかったが、少しだけならと、マリアは促されるままに素直に馬車まで歩いて行った。

御者が馬車の扉を開ける。

暗くてよく見えなかったが、中には、男性がひとり座っているようだった。

『こんな寒い日に、申し訳ないことをした。これで、新しい外套を』

そう言って、男性は何かを御者に手渡した。御者がその手に押し包んでいたのは、三枚の金貨だった。

マリアが見たこともない大金だ。この男性にとっては何ということもない金額なのだろうが、これで、マリアが着ているものよりずっと質のいい外套を何枚もあつらえることができる。

御者はマリアのかじかんだ手に、金貨を握らせようとした。

マリアはそれを受け取らなかった。

外套の代金にしては、詫びを含めたとしても不当なほど多かった。

それに、孤児院では、どんな理由があろうとも、神父や修道女たちの知らないところで外の人間から施しを受けることは禁じられている。

何より、そんなつもりで馬車の持ち主に会おうと思ったのではなかったからだ。

『これでどうだろうか』

声がそう言って、もう三枚、金貨が御者に差し出された。

マリアはかっと頬が熱くなるのを感じた。

金目当てでごねていると思われたと気づいたのだ。

喉が詰まったように苦しかったけれど、震える唇を開いた。

『お金なら、いりません』

声の主は、マリアの答えを意外に思ったようだった。

『では、せめて、目的地まで送ろう』

馬車に乗せると言ってくれているのだとわかって、マリアは面食らった。

御者も同様らしかった。

『ありがたいお心遣いですが、馬車を汚してはかえってご迷惑になります。お気持ちだけで十分です。……急ぎますから、もう、行ってもかまいませんか』

マリアは馬車の中を見据《す》えて言った。

こんなところで時間を潰しているわけにはいかなかった。

もうあと少しで町に辿り着ける。これから町医者の家まで行って、孤児院に往診《おうしん》に来てくれるようお願いしなくてはならないのだ。

声の主は黙り込む。

マリアは焦れて、歩き出そうと踵を返しかけた。

そのとき、馬車の中から衣ずれの音がしたかと思うと、黒い布の塊《かたまり》が差し出された。

『これを』

声の主が言った。

上等な毛織《けおり》の外套だった。

御者はそれを受け取り、広げ、マリアの肩に着せかけた。驚いて身を引くマリアに、御者がそっと耳打ちする。

『引き留めてしまって申し訳ありません。どうかこれだけは受け取ってください。このままでは主人の気が済みませんから』

外套は、さっきまで男性が着ていたのだろう。温もりと、ムスクの香りが残っていた。

焦りと怒りがふと和《やわ》らいで、マリアは気恥ずかしさに俯いた。

自分が意地を張るあまり、相手に恥をかかせていることに気がついたのだった。

『……ありがとうございます』

マリアがそう言うと、御者は小さく会釈した。

『お気をつけて』

マリアは馬車から離れ、歩き出した。

やがて、背後で蹄《ひづめ》が雪を踏む音が聞こえ、遠ざかって行った。

マリアは、雪に足をとられながら、早足で町に向かった。

くるぶしまで覆い隠す外套のおかげで、芯から凍えるような寒さは和らいでいた。

町に着き、町医者の家の門を叩いた。医者の一家は、食卓を囲み、聖夜のごちそうを食べているところだった。

中年で小太りの医者は、迷惑そうな顔をして、マリアに他を当たってくれと扉を閉めかけた。町に医者はひとりだけだったので、マリアは謝り、何度も頼みこんだ。

すると、医者は、マリアの不似合いなほど上等な外套に気がついたらしく、頭から足もとまでを舐めるように見下ろしてきた。

『孤児院までの道は寒かろう。その暖かそうな外套を着れば、行けない気がしないでもないが……』

舌舐めずりするような医者の顔を見て、初めてマリアは気がついた。

この外套は、きっと、あの男性が差し出した金貨の何倍も値打ちのあるものなのだ。

外套は、あの男性が厚意《こうい》でくれたもの。脱いだ後、彼は馬車の中で寒い思いをしただろう。それでも、意固地な娘に、せめてもの詫びにと着せかけてくれた。けれど、これを脱いで渡さなければ、小さな双子は助からないかもしれない。

マリアはためらいながら外套を肩から下ろし、雪を払った。首元を鋭く冷たい風がなぶったが、目を細めてこらえた。

マリアは外套を医者に差し出して、どうか子どもたちを見てほしいと、もう一度頭を下げた。

医者はやれやれと肩をすくめながら承諾し、家族に、行ってくるよと声をかけた。

彼は、濡れねずみのマリアを自分の馬車に乗せるのを嫌がった。

『別に、私がこの外套を寄越せと言ったわけじゃない、おまえがすすんで差し出したのだからね。おまえがどうやってこれを手に入れたかは薄々はわかるけれど、黙っておいてあげよう』

医者はそう言って、御者台にあがり、馬を走らせていった。

マリアは馬車を見送った後、とぼとぼと来た道を引き返した。

医者は、マリアがあの外套を誰か裕福な人から盗んだか、男にあわれっぽく媚《こ》びて手に入れたとでも思っていたのだろう。屈辱に身が燃えるようだったが、帰路をゆくうちに惨《みじ》めさがつのり、マリアは落ち込んでしまった。

疲れ果てたマリアが孤児院に帰りついたとき、医者は双子の姉妹の往診を済ませて暖かそうな外套を羽織り、修道女から治療代を受け取っているところだった——。

マリアがそこまで話し終えると、暖炉の火はほとんど消えかかって小さくなっていた。

一年前の今日、雪道を凍えながら歩いていた自分が、貴族の屋敷と見紛《みまご》うような場所で暖かな暖炉の前に立っているとは、今でも信じられなかった。

ハインツは、マリアの長い話を黙って聞いていた。

「それで、双子の女の子たちは、助かったのかね」

優しい問いかけに、マリアは答えた。

「はい。春には、ふたり一緒に商家にもらわれてゆきました」

「それはよかった」

ハインツの感想を聞き、マリアは目を伏せた。

「なぜ、そんな顔をする？」

問いかけられ、マリアは小首を傾げた。

「とても悲しそうな顔をしている」

ハインツがゆっくりと歩いて来て、両手でマリアの顔を包み込んだ。それはとても自然な動作で、マリアが驚く暇もないほどだった。

「……わたしは、親切な方にいただいた外套を、売ってしまいました」

「売ったのではないだろう。ふたりの女の子を助けるために使っただけだ」

「あの外套がどれほど高価なものかわかっていて、すすんでお医者様に渡したんです。外套は、わたしが寒い思いをしないようにご厚意で着せてくださったのに。金貨はいらない、送ってもらわなくてもいいと突っぱねて、邪険《じゃけん》にしておきながら、結局、馬車に泥水を撥ねられてあの外套をもらっていなかったら、わたしひとりではお医者様を呼ぶこともできなかった。もしもまたお会いできるなら、お詫びしてもし足りないのに……」

「そのことを今も気に病んでいるのかね」

マリアは小さく頷いた。

ハインツは、満足そうに深く息を吐いた。

「やはり、私の思った通りだった」

そう言って、彼は再びマリアから離れる。

今度は彼自身の居室に向かい、扉を開けて出て行ってしまった。

しばらくして戻ってきた彼は、腕の中に何か黒いものを抱えていた。

そして、マリアの前に立つと、その布の塊をふわりと広げ、マリアの肩に着せかけた。

軽く、暖かく、丈《たけ》はマリアのくるぶしほどまで長い。オイルランプの灯りをすっかり吸い取ってしまうような、漆黒《しっこく》の外套だった。

マリアはハインツを見つめた。

彼の顔に見覚えはない。

けれど、声は聞いたことがある。

この外套に染みついたムスクの香りを嗅いだことがある。

「思い出してくれたかね」

マリアは外套の中で震えた。何度も頷いた。緊張が一息で解《と》け、目が潤《うる》んでしまう。

「どうして？　わたし、これを、お医者様に渡してしまったのに」

彼の手が外套の前身頃《まえみごろ》をめくり、胸のあたりを示した。

黒い裏地に黒い糸で、彼の姓が綴《つづ》られている。

マリアはその刺繍文字にそっと触れた。

「その医者はこの名前を見て、誰の持ち物なのか気づいたのだろうね、私の名前はそこそこ知られているらしいから。あれからひと月と経たない頃に、屋敷にこの外套が手紙を添えて送られてきた。何かの間違いで自分の手元に渡って来たとね。わかっただろう？　これは私のところに戻ってきたのだから、何も気に病むことはない。いや、むしろ……」

ハインツの右手が、マリアの目元に触れる。

初めは、水色の右目に。

次に、緑の左目に。

彼のくれた結婚指輪の石の色は、左の眼の色によく似ている。

「馬車の中から見た、この美しい目が忘れられなかった。誇り高い、清らかな目だ。だが、触れれば崩れてしまいそうなほど神経を張りつめさせて、とても痛々しくもあったね。あのとき、ほんの一瞬でも、金目当てではないかと思ってしまったことを後悔したよ。もう一度あの少女に会いたいと思い、調べてみれば孤児院で育ったことがわかって、いてもたってもいられずにすぐに院長に連絡をとり、求婚した。一年間、待ち焦がれた」

全てマリアの知らないうちに決まっていたことだった。

唖然《あぜん》とするマリアに、ハインツは熱っぽく語りかける。

「さっき、私のことをよぼよぼの老人だと思っていたと言ったが、それでもいいと嫁いできてくれたことこそ、嬉しい。だがね、マリア」

掠《かす》れた声で名を呼ばれ、マリアの身体の芯に熱く何かが滲《にじ》んだ。

「私は、名ばかりではなく、本当の妻になってほしいと思っている。……意味はわかるかね」

マリアは息を呑んだ。

彼は、今からマリアを抱くと、そう言っているのだ。

「いいかね」

マリアは唇をわななかせ、声なく頷いた。

それを合図に、黒い外套をするりと肩から落とされた。

ハインツの手に背を抱かれ、寝台に導かれる。

ふたりは寝台に横に並んで腰かけた。

彼の両手が、ガウンの上から、マリアの両肩を宥《なだ》めるように撫でおろす。

「緊張しているね」

マリアは答えることもできなかった。

痛いのだろうか、それとも、苦しいのだろうか。

先を思うと落ち着いていられないので、深く呼吸して、目を閉じる。

彼が身をかがめる気配がした。温かいものが唇に触れた。

額、こめかみ、頬を、男の唇がゆっくりと辿る。

その柔らかい感触に、マリアはぞくぞくした。

「任せていなさい」

もう一度、唇を重ねあう。ぬるりとしたものがマリアの唇をなぞった。

無意識のうちにきつく噛みしめていたそこを優しく押し開かれ、侵入を許してしまう。

「……あ……」

ハインツが顔を傾け、より深く入ってこようとする。

彼の舌は分厚く、歯列《しれつ》を割り、歯茎《はぐき》を舐《な》めまわして、口腔《こうこう》の奥で縮こまる小さな舌をとらえて絡んでくる。

くちゅくちゅという水音が聞こえ、マリアの首の後ろのあたりが次第に火照《ほて》ってゆく。

マリアは、息苦しさに胸を喘《あえ》がせた。

「はあ……はあ」

彼の左手がマリアの顔に添えられ、右手がねっとりと背を這う。

熱い舌がマリアの口腔を従順に馴らす。たくみな唇は、引き出したマリアの舌を吸い、しごくように前後した。

「ん……、んっ……、ん……」

その間も、彼の手は耳朶《じだ》や首をくすぐったり、髪を探って地肌を指先でほぐしたりと、いたずらをやめることはなかった。

あまりに濃厚なくちづけに、マリアは翻弄《ほんろう》されるばかりだった。

気が遠くなるほど長く優しい蹂躙《じゅうりん》のあと、ようやくハインツが顔を離した。

ぐったりと腕に身を任せてくるマリアの唾液を啜り、愛おしげに髪を撫でる。

マリアはうつろな目を微かに見開いて、彼を見上げた。

彼はマリアの目を覗きこみ、笑った。

ハインツは、マリアの纏《まと》っていたガウンの前を開く。

薄いシュミーズの内側で、乳房が浅い呼吸に上下している。

頂《いただき》が硬く立ち上がって、形がほとんど透けてしまっていた。

マリアはあまりの恥ずかしさに、そこを見られまいと夫の腕の中に倒れこんだ。

男の胸は厚く、たくましかった。

香水と体臭がまじった少し苦いような香りに、恍惚《こうこつ》となる。

「見せなさい」

命じられ、マリアはハインツの腕の中で震えた。

羞恥のあまりマリアが従えずにいると、彼は吐息だけで笑う。

彼は寝台に上がり、背後からマリアを抱き寄せてすっぽりと腕の中に閉じ込めてしまった。寝台の背もたれによりかかり、両手でマリアの控えめなふくらみを包み込む。

マリアは思わず俯いた。

「あぁ……」

節張った大きな手が、その質量を確かめるように乳房を揉みしだく。

その様子があからさまに目に映り、マリアは顔を逸らしてしまう。

罰のように、彼の指が、絹の布地の上から、つつしみもなく尖《とが》りきった乳嘴《にゅうし》をつまみ上げる。

指の間でこりこりと転がされると、泣きたいような羞恥とともに、じんわりと腰から下がしびれた。

「私に見られたくないのなら、自分で見ていなさい。私の命令は絶対だよ」

ハインツは、マリアの首筋を吸いながら、執拗《しつよう》に乳首をいじめた。

マリアは、男の手に包み込まれ、指の間でだんだんと紅く色づいてゆく突起から目を背けることができない。生理的な涙で視界が滲んだが、目を閉じることは許されなかった。

いやらしい乳頭の形を確かめるようにそっとつねったり、少し強く押しつぶしたりと、痛みと心地よさの間の絶妙な力加減で、彼はマリアを弄ぶ。

そのうち、マリアのへその下あたりが脈打つように疼《うず》きはじめる。

その感覚の正体がわからず、やり過ごそうとして、マリアはハインツの脚の間でもじもじとお尻を揺すった。

「悦《よ》くなってきたのかね」

耳元に吹き込むように、彼は言った。

吐息が空気を動かすだけで、マリアはたまらない気持ちになる。

ハインツが、マリアの左足の下に手を差し込む。

左ひざを立てさせられ、下穿《したば》きを着けていない最奥が空気に晒されてしまう。

「いや……」

マリアが脚を閉じようとすると、彼の左すねが絡んできて、脚を広げたまましっかりと固定されてしまった。

「どうして……?」

その答えはすぐにわかった。

男の左手が、マリアの秘密の場所に伸ばされたのだ。

「こうして、弄《いじ》ってあげるためだ」

そう言い、ハインツは、柔らかな下生えをつまみ、さわさわと撫で、感触を楽しむ。

指先が、閉じた花弁《かべん》にそっと触れる。

「あ……あ、ん……」

マリアはびくりと身体を震わせる。

「だめ、だめです……、そこに触ったら……、あっ……」

逃れようともがいたが、後ろから抱き留められた身体では果たせない。

男の指の腹が、何度も柔らかな割れ目を上下した。

「なぜ触ってはいけないんだね」

いっぽうで、彼の右の手はマリアの胸を揉みしだき、つまみ上げ、辱《はずか》しめ続けている。

「マリア、言ってごらん」

「だって……」

マリアは息を呑みこんだ。

「そこ……、そこに触ると、みだらな気持ちになって……あ、ん……」

マリアは半裸に剝かれ、恥ずかしい場所を露《あら》わにされているというのに、ハインツは息ひとつ乱していない。

相当な経験があるだろう彼には、まともに他人に触られることすらなかった無垢《むく》な身体など、たやすく思い通りにできるのだろう。

「堕落してしまうって……、修道女《シュベスター》が……」

「今、みだらな気持ちになっているんだね？」

触れられているところから、とろとろと溶けてゆく。

「あっ、あっ……あ、だめ、いや……ぁ」

男の手に隠れて見えなくても、なめらかな指の動きで、その得も言われぬ甘い感触で、秘めた場所が自ら彼のために開かれ、甘露《かんろ》を溢《あふ》れさせているのがわかってしまう。

指先が、蕩《とろ》けた割れ目の少し上の、ふくらみきった蕾《つぼみ》に触れた。

「ああっ」

雷に打たれたように、マリアは身を強張らせた。

その蕾は、生殖とは全く無関係な器官だった。刺激され、淫らな快楽を得るためだけに存在する、堕落の源だ。マリアは、そんなものは自分には必要ないと思っていた。

けれど、蜜でぬるついた指が、触れるか触れないかの手付きでそこを擦る快感は耐えられないほどすさまじい。円を描くように柔らかい動きで感じやすい先端をなぶられると、より濃密な愛撫をねだるように腰が蠢《うごめ》いてしまう。

マリアは男の腕にしがみつき、唇を嚙んでいやらしい声を殺すだけで精いっぱいだった。

「よく見なさい。ほら」

ハインツは、指にはしたない蜜を絡ませ、マリアの目の前に持ちあげた。マリアが目を逸らせずにいると、その指が、また濡れた花芯を撫でまわしはじめた。

後から後から、まるで泉のようにマリアのそこは潤《うるお》い、とうとう、蜜壷の奥がひくひくわななきはじめた。

「これはどうかな」

指の動きが変わった。

優しいのには違いないが、軽くそこを押さえたまま、小刻《こきざ》みに揺らすようにされるのだ。

蕾の核に振動が伝わるのがたまらず、マリアはいやいやと首を振った。

それでもハインツの手は容赦《ようしゃ》なく責め続けた。

「あ、あっ、あっ……、ああ、イヤ……」

「いやではないだろう。こんなにふくらませて」

彼が、仕置きのように強く、充血しきった淫核をつまむ。

芯を持ったそこを指に挟み、こりこりと転がす。その大きさをマリアに見せつけ、淫らさを思い知らせるためだ。

頭を振りたくるマリアの肩を顎で押さえつけながら、ハインツは尋ねる。

「続けてほしい？　それとも、やめてほしいかね」

耳の後ろに鼻をこすりつけられ、その硬い感触にまたびくんと震える。

マリアは怖かった。

このままでは、堕落してしまう。

「とめて……、やめてください……、お願い……」

マリアは懇願したが、ハインツは無慈悲だった。

「そんなことを言えないようにしてあげよう」

彼はますますみだりがわしく指先を揺らして淫核を刺激しはじめたばかりか、物欲しげに蜜をこぼすあわいに右手を伸ばし、潜《もぐ》り込ませたのだ。

「ん、あぁ……っ」

たくみな手指がマリアを追いつめる。

マリアは彼の腕に縋り、とどめようとしたが、全く力が入らず、意味をなさない。

むしろ、もっとしてほしいと促しているように見えるだろう。

「ああ、あぁ……、もうだめ、いや、おかしくなる……」

目の前がちかちかして、お尻の下から何かがせり上がってくる。

濡れた壁がきゅうきゅうと狭《せば》まって、ハインツの指をしゃぶりつくす。

「……おかしくなってしまいなさい」

耳殻を甘噛みされながら指を動かされ、マリアは、大きく震えた。

眦から涙がこぼれる。

すすり泣きながら、マリアは初めて果てた。

「あ、あ、ん……っ!」

目の前が真っ白になり、腰がびくびくと跳ねる。

全身を、マリアが全く知らない感覚がめぐり、犯す。

その間もハインツの愛撫は止まらなかった。

指がマリアの蜜壷の深くまで差し込まれた。

痛みはなく、マリアの飢えたそこは、ただ、入り込んできた異物を離すまいと締めつけ続けた。

ゆっくりとなめらかに出し入れできるようになると、ハインツはそこから指を抜く。

マリアのシュミーズを器用に脱がせ、ぐったりとした身体を寝台の上に仰向《あおむ》けに横たえた。

そして、その上に覆いかぶさってくる。

ハインツは何度もマリアの髪を梳《す》き、頬に流れる涙を唇で拭ってくれた。

先ほどまでの悪魔のような手管《てくだ》が嘘のようだった。

マリアは、このまま寝かせてもらえるのかもしれないと思った。

けれど、その期待は甘すぎるものだった。

ハインツは、羽根枕をマリアの腰の下に押し込むと、白い両脚を折り曲げて恥ずかしい形に広げさせ、その間に自分の体を挟み込ませた。

もどかしげに自らのガウンをはぎ取り、下穿きの前立てをくつろげる。

「息を吐いて、力を抜きなさい」

彼は、器用な右手でマリアの濡れそぼった襞を押し分けながら、命じた。

意味もわからぬまま、マリアが言われる通りに深く息を吐ききったときだった。

「ん――ッ！」

一息に、マリアは貫かれた。

指とは比べものにならない、信じられないほど大きな質量が押し込まれ、肉壁が引き裂かれる。

鋭い痛みに涙がぽろぽろと零れ、呼吸が詰まって、悲鳴をあげることさえできない。

「まだ、全て入りきっていない」

弾む息の下から、彼が囁く。

「嘘、イヤ、やめて……」

彼は、泣き濡れた声で訴えるマリアの腰を強く抱え直し、脚の付け根をさらに開かせる。

剛直が、硬い果実のような内部に分け入ってきて、結合がより深くなる。

マリアはか細い腕で、残酷な男に縋りつく。

「いやあ、あ……、痛い、やめて、旦那さま……っ」

初めて呼びかけてくるマリアに、彼は感慨《かんがい》深げに答える。

「いい子だ。私のことはそう呼びなさい。だが、やめてはあげられない。私の妻になると言ったのは、他ならぬおまえだからね」

言いながら、ハインツはさらに腰を進めてくる。

お尻の下に枕を敷いているせいで、腰が持ち上がり、彼のものをより深く受け入れるようになってしまっているのだ。

「あ……、あ……」

彼の切っ先がようやく最奥まで届いたころには、マリアは顔を覆って身をよじり、あまりの痛みと息苦しさに、童女のように泣いてしまっていた。

ハインツは、マリアの温かい胎内を楽しむように何度か抽送《ちゅうそう》を繰り返す。

マリアは浅い呼吸に合わせて男の肉茎を締め上げてしまうが、その自覚さえない。

「素晴らしいよ」

ハインツはしばらくして、微かな呻《うめ》きとともに動きを止めた。

「……く……」

中で肉棒が大きく脈打ち、どくどくと熱いものがほとばしる。

マリアはきつく目を閉じた。

「もう、おまえは私のものだよ」

ゆっくりと肉塊を引き抜きながら、マリアの夫になった男は、その耳元に熱い囁きを流し込む。

「可愛い、私だけの妻だ。マリア、愛している……」

その言葉に、マリアは震えた。

快楽の名残《なごり》と、痛みの中で、マリアは意識を遠のかせていった。


枕元に陽光が差し込む。

マリアは、ぼんやりと瞼を上げた。

見馴れない寝台の上にいた。はっとして自身の身体を見下ろした。昨晩、初めて男を受け入れた場所は清められ、脱がされたはずのシュミーズは新しいものを着せられている。

マリアは寝室の中を見回す。

窓掛けが上げられ、暖炉ではあかあかと火が燃えているものの、人の姿はない。窓の向こうでは、もう随分陽が高く上っている。暖炉の上の置時計は十一時を指していた。

身を起こそうとして、腰のあたりのきしみと脚の間の違和感に眉をひそめたとき、ハインツの部屋の側から扉が開いた。

「起きていたのか」

部屋の入口に、身支度を済ませた夫が立っていた。

髪を整え、糊《のり》のきいた白いシャツと、揃いの灰色のジレとトラウザーズを着ている。

「……おはようございます……」

マリアは声を絞ったものの、昨晩のおのれの痴態を思い出し、ハインツの緑色の目をまともに見ることができない。

「おはよう。朝食を食べられるかな」

マリアが頷くと、ハインツが枕元の紐を引いて鈴を鳴らした。

「ここに持ってこさせる」

ハインツが寝台に近づいてくる。

マリアはほとんど無意識のうちに羽毛布団を胸元に掻き寄せていた。

彼が寝台に腰かけると、たくましい体がスプリングに沈み込む。

大きな手が伸びてきて、マリアの寝乱れた髪を整えた。全くいやらしさなど感じさせない触れ方だ。

つい数刻前、彼に手ひどく愛された記憶が、にせものなのではないかとまで思える。

「怒っているのかね。昨日、無理強いをしたから」

からかうように言いながら、背もたれに掛けられたマリアのガウンを広げ、肩に羽織らせてくれる。

「怖がらせてしまって、すまなかったね」

彼の手がマリアの顎にかかり、親指が下唇をそっと撫でた。

「だが、もう、孤児院には帰さないよ」

頭が痺れ、同時に胸が痛くなる。数年前に奉公先から追い出されてしまったことのあるマリアの、心の柔らかい部分に染みる言葉だった。

彼の顔が近づいてくる。

マリアは自然と目を閉じていた。

小鳥が花をついばむような、軽いくちづけが頬に落ちる。くすぐったさに、マリアが肩をすくめたときだった。

廊下に繋《つな》がる扉が、二度、短くノックされた。ハンナがワゴンを押しながら入室してくる。ワゴンにはひとり分の朝食が載せられていた。白パンに蜂蜜、ジャム、バター。色とりどりの果物に、新鮮そうな野菜、卵料理。そして、ミルクやショコラといった飲み物だ。

「そこに置いてくれ」

　ハインツが命じる。

　ハンナは寝台の側にワゴンを寄せると、お辞儀をして部屋を出て行った。

　彼はワゴンからショコラのソーサーを取り上げると、恭しくマリアに差し出した。

「どうぞ」

「……ありがとうございます……」

　マリアはショコラを受け取って言った。

「あの、旦那さまはもう、ご朝食を？」

「七時ごろに済ませたよ。年だから、朝が早くてね」

　何ということだろう。新婚一日目から、夫より四時間も寝坊してしまった。

「いいから、飲みなさい」

　促され、ショコラを飲み干す。

　ハインツは、マリアの世話を甲斐甲斐しく焼きたがった。

　白パンを一口大にちぎり、バターを塗ってマリアの口元まで持ってくる。喉が詰まらないかとミルクをすすめたあとは、とろとろのオムレツをスプーンで掬《すく》って食べさせる。

「わたし、ひとりで食べられます。旦那さまのお手を煩わせなくても……」

　マリアのその言葉を一笑に付し、彼は真っ赤に熟《う》れた苺を唇に押し付けてくる。

「ハンナによると、おまえは、あまり食べないそうだからね」

マリアが、甘酸っぱい香りに誘われて口をあけると、そのまま苺がころんと放り込まれた。

「私は時間をもてあましているんだ。新聞を全紙読んでもまだ新妻が起きてこなくて、この寒い中、屋敷を一周散歩してきたほどだ」

マリアは思わず微笑んでしまう。

「アモンさんは、旦那さまはとてもお忙しいと言っていました」

「まあ、それなりに。事業は息子に譲ったが、取引相手との付き合いは続くのでね」

「ご令息は、マクシミリアンさまとおっしゃるとか」

「そんな言い方をしなくてもいい。息子になるのだからね。マックスは、年はマリアより八つ上だ。父親が言うのもなんだが、有能な男だよ。私には似ていないが、声だけはよく聞き間違えられる」

「このお屋敷には、いつお帰りになるのですか？」

「外国に買い付けに出かけている。休暇も兼ねてひと月ほど向こうに居ると言っていた」

「聖誕祭なのに、お仕事をなさっているのですね」

「聖誕祭がない国に出かけているからね」

修道院と孤児院の人々であっても、聖誕祭から新年までの期間は、浮かれて仕事に身が入らないものなのに。マクシミリアンは、よほど勤勉で仕事熱心な人らしい。

「お戻りになったら、ご挨拶してもいいでしょうか？」

「もちろんだ」

八つ年上の義理の息子になる人は、孤児院育ちの後妻のことをどう思っているのだろう。どこの馬の骨ともしれない女が、財産目当てに父を誑《たぶら》かした。そう思うのが自然ではないだろうか。

「マクシミリアンさま以外に、旦那さまのご家族は……？」

「妹夫婦とその娘がいるから、いずれ顔を合わすこともあるだろう」

「お亡くなりになった奥さまのご親族は、わたしことを、よく思われないのではありませんか」

「マックスの母親の一族とは、彼女が亡くなってから付き合いが途絶えた。気にすることはない」

ハインツに似ていないならば、マクシミリアンは、亡くなった前妻に似ているということなのだろう。彼女は異国の男爵家の令嬢だったが、成り上がりのハインツを嫌い、夫婦仲は良くなかったという。ハンナが少しだけ話してくれた。

「私は立場上、華やかな場に出ることはもうあまりない。面倒なことは全部マックスに任せているからね。しかし、断れない付き合いで女性を同伴して出かけなければならないこともある。そういうときは、マリアに一緒に来てほしい」

自分などがよいのだろうか、とマリアは不安に思う。

ハインツの妻として相応《ふさわ》しい教養など欠片《かけら》も身につけていない自分が寄り添っていたら、

彼に恥をかかせてしまうのではないだろうか。そもそも、そんな場に出たこともないので、どういう風に彼についてゆくのかも、想像すらつかないのだけれど。

「そんな顔をしなくてもいい。マリアさえよければの話だが、マナーやダンスの教師について、勉強してみないか。ピアノや声楽でもいいね。時期は年明けくらいから、どうかな」

それは思いがけないありがたい申し出だった。

マリアは、少しでもハインツに相応しくなりたかったからだ。

「いいんでしょうか。お許しいただけるなら、喜んで」

「ただし、家庭教師は夕方までだ。私が居るときは夕食は必ず食堂でとり、ここで一緒にやすむ。いいかね」

毎晩でも抱きたいのだから、とハインツが付け加えたので、マリアは真っ赤になった。

マリアは、男女の交わりというものは罪深いことで、例外として許されるのは子どもを作るための夫婦の行為だけだと信じている。それでも、妻は快楽を得てはいけないというのが教会の教えだ。

マリアはハインツの手から目を逸らせない。

彼の左手が、ワゴンから小さな蜂蜜のピッチャーを取り上げた。

そして、自分の長い指の先を蜂蜜に浸し、マリアの唇になすり付けたのだ。

「舐めるんだ」

マリアは舌をそろそろと出し、唇を舐める。

その様子をじっと見つめていたハインツが、蜂蜜を滴《したた》らす指をマリアの唇に触れさせ、そのあわいに差し込んだ。指が歯列の間をくぐり、口蓋《こうがい》をくすぐる。

そこが敏感な場所なのだということを、マリアは生まれて初めて知った。

マリアは舌で彼の指を拭った。ひどく甘かった。

すっかり蜂蜜を舐めとってしまうと、彼の指がゆっくりと出ていった。

この蜂蜜のように、マリアはとろとろと甘やかされている。

「旦那さま、でも……」

マリアは目を伏せて、言った。

「他にも、もっと旦那さまのお役にたつことをしたい」

そう言うと、ハインツは感じ入ったように深い笑みを浮かべた。

「では、私の身の回りのことを、少しずつ手伝ってもらうようにしよう。まず、これを」

そう言って、彼はトラウザーズのベルトに下げている懐中時計を取り出した。

「一日に一度、決まった時間に巻いて、書斎の机の上に用意してほしい」

手巻き用の螺子《ねじ》は書斎に置いている、と彼は続けた。

マリアは頷いた。

「毎日だよ。いいかね」

「はい。でも、わたしが書斎に入ってもいいのですか？」

ハインツは唇を緩める。

「もちろんだ。私は夕食の後はたいてい書斎にいるから、その頃においで」

ハインツはおそらく、とても簡単な仕事だから、軽い気持ちでマリアに与えてくれるのだろう。それでも、彼が毎日身につけるものを任されたことが嬉しかった。

本当は、体を動かして働かなくては気が済まない。

おそらくハインツが許してはくれないだろうから、少しずつ、できることを増やそう。

「旦那さま、ありがとうございます」

「ああ。……ほら、もっと食べなさい。食事の後は着替えて午後のミサに行こう。今日は聖誕祭だからね」

慌てて朝食を再開したマリアを、ハインツは優しく見守ってくれた。

ハンナが、マリアが食べ終えるのを見計らったようにワゴンを引いてゆき、すぐに衣装を一式抱えて戻ってきた。下着、ドレス、靴と、次々と並べ、最後に白い箱を長椅子の座面に下ろす。

「マリアさま、こちらを」

ドロワーズを手渡され、身につけるよう促される。

ためらっていると、穿《は》きなさい、とハインツに短く命じられた。マリアは寝台を下り、ハインツの目を避けるようにして身につけた。

ハンナはマリアの肩からガウンを落とすと、ドロワーズの上にペチコートを巻く。次に、彼女は白い箱の蓋《ふた》を取り、中身をハインツに差し出した。

真新しい、白いコルセットだった。

マリアが使っていた、粗布《そふ》でできた、人のお下がりのコルセットとはまるで違う。なめらかな光沢のある生地で、リボンと刺繍で控えめに飾られている。そういえば、ドレスとともに採寸された覚えがあるが、こんなにも早く出来上がるものだろうか。

「軽くて、ぴったり合うはずだ。細めに作らせたが、合わないものを着けるよりよほどいい。――ここに立って。柱に手を衝《つ》きなさい」

ハインツは、コルセットを手に、寝台の支柱に向かって顎を決《しゃく》る。

マリアはてっきり、これまでのようにハンナに着けてもらうと思っていたので、思わずハインツの顔をうかがってしまう。

彼は、昨晩の寝台の中で見たのと同じ、逆らうことを許さない目をしていた。

ハンナは、あらかじめ示し合わせたかのように、手を出さずに控えている。

マリアはおずおずと寝台に近寄り、言われた通りに支柱に手を添える。

ハインツがマリアの背後に立つ。

慣れた手つきでコルセットの左右の留具《とめぐ》をマリアの胴の前で掛け合わせ、背の部分に紐を通しはじめる。静かな部屋にしゅるしゅると小気味よい音が響く。

マリアの胸が動悸《どうき》をはじめる。どうしてだか自分でもわからなかった。

「締めるよ」

それは処刑宣告のように聞こえた。

「はい……」

マリアがか細い声で答えるや否や、一気に紐が引かれた。

前後から左右から、胴を締めつけられる。脇腹から腰にかけてが特に強く狭まり、圧力を逃がすために背を反らさねばならないほどだった。

「動いてはいけないよ。肩を下げて、息を吐きなさい」

マリアは、昨晩、彼を受け入れさせられたときのことを思い出していた。

彼の声は甘く、言葉は赤子を宥めるように優しいけれど、その手には一片の容赦もない。

「苦しいかね」

「……少しだけ……」

他に縋《すが》るもののないマリアは、寝台の支柱に強く爪を立てる。

「かわいそうに」

自分で苦しめておきながら同情する声は、ひどく蠱惑《こわく》的だ。

「だが、コルセットは婦人のたしなみだよ。まだだ、もう少し締まる」

ぎりぎりと紐が引かれる。

マリアは泣きごとを言わなかった。

ハンナが側に居たからだ。

ふたりきりだったら、昨日のように泣いて、やめてと訴えていたかもしれない。

どれくらいの時間耐えていたのかわからない。

紐がマリアの背で固定され、ハインツの手が離れた。

「よく堪《こら》えたね」

彼の手が、コルセットの上からマリアの腰のくびれに触れ、満足げに撫でる。

マリアが、ようやく解放されたことにため息をついたとき。

「十五分待ったあと、もう一度だ」

ハインツが耳元で囁いた。

「あと一インチは細くなる」

マリアが首をめぐらすと、彼はマリアの亜麻色の髪をかき分けて、首筋にくちづけてきた。

十五分後、マリアは再度、ハインツによって優しい拷問《ごうもん》に掛けられることになった。

ハンナに衣装の残りを着付けられ、髪を結いあげて化粧を施される頃には、マリアはもう息も絶え絶えになり、言葉も紡《つむ》げないほどだった。

ほとんど休む暇もないまま、マリアは新しい真っ白な外套を着せかけられ、ハインツに抱きかかえられるようにして屋敷を出て、馬車に乗せられた。彼は短い外出には供を付けないらしく、同行したのは御者だけだった。

ハインツは、馬車の中で、自分に身を委ねて目を潤ませるマリアを抱きしめ、諭《さと》すように言い聞かせた。

「人妻になったからには、寝るとき以外は無防備な格好でいてはいけない。身体の線を人前に晒《さら》すなどもってのほかだよ。毎朝、私が締めてあげるから、必ずコルセットを着けることだ。いいね」

マリアは夫の腕に身を任せて目を閉じる。

ハインツはマリアの背をなだめ、顔中にくちづけを落としながら、髪を撫でつづけた。

ミサが終わり、ふらふらとしか歩けないマリアは、たくましいハインツの腕に支えられてやっと帰りの馬車に乗った。

ハインツは、左手でステッキを軽く握り、右手では折れそうなほど細く締めあげたマリアの腰を抱いている。

「苦しいんだろう。帰ったら解いてあげよう。本当は入浴まで外してあげないつもりだったが……」

マリアはその言葉に安堵のため息を漏《も》らした。

馬車が屋敷に着いたのは、陽が落ちはじめた頃。

マリアはハインツにエスコートされて馬車を下りた。

車止めにもう一台馬車が停まっている。

「……来客のようだ」

ハインツが、苦々しげに言いながら眉をひそめた。

マリアは彼の後ろについて邸内に入った。

聞き覚えのない声が聞こえる。玄関ホールで、着飾った女性がふたり、アモンと対峙していた。その後ろには若い門番が立ちつくしている。

「ほら、帰って来たじゃないの」

言ったのは、銀髪に緑色の目の、きつい顔立ちの女性だ。ハンナと同じ年くらいだろうか。

彼女はこちらに気づくと、ぱっと目を光らせてつかつかと歩み寄ってくる。

「待っていたわ！　ひどい噂が流れているから確かめに来たのよ。なのにこの新入りの門番ったら、兄さんが屋敷に誰も入れるなと言っているからと言って、妹の私まで追い払おうとして」

女性の声には張りがあり、立ち居振る舞いも貴婦人然としている。ハインツを兄と呼んでいるということは、彼女は彼が話していた妹なのだろう。

「ヴェロニカ、アウロラ、聖誕祭おめでとう」

ハインツは、目の前の女とその後ろのもうひとりに声をかけながら、さりげなくマリアを背に隠す。

後ろのもうひとりは、マリアと同い年くらいだろうか。ヴェロニカと呼ばれた女性と同じ目と髪の色をした、可憐《かれん》で美しい少女だ。ふたりは母子《おやこ》らしかった。

「しかし、命令は本当だ。アモンがそう言わなかったかね」

「聖誕祭だから顔を見に来たのじゃないの。マックスはどうしているの？　マックスにも贈り物を持って来たのよ」

　マリアには理由がわからないけれど、ハインツは、今日は来客があっても誰も通すなと使用人たちに命じていたらしい。若い門番はこのヴェロニカという女性の勢いに押されてか、あるいは彼女がハインツの血縁ということでか、彼女を屋敷に入れてしまったのだ。

　ハインツは首を巡らせてアモンに目配せし、マリアを向こうへ、と無言で指示する。

「悪いが帰ってくれるかね。マックスはひと月は外国から戻らないし、私もしばらく人と会わないことにしているんだ」

　アウロラと呼ばれた少女が、後ろからヴェロニカをとどめる。

「お母さま、おじさまがこうおっしゃっていることだし、今日は出直しましょう？　ご迷惑になっているわ」

　鈴の鳴るように穏やかで澄んだ声だった。

　それが、かえって逆効果になった。

　ヴェロニカの鋭い視線は、ハインツを通り過ぎてマリアに向けられる。銀色のまつげに縁取られた緑色の瞳が、訝しげにマリアを凝視する。

「この娘がそうなの？　教会で式を挙げたって言っていたけど、冗談でしょう？」

「本当だ」

ハインツはきっぱりと言い切る。

ヴェロニカは、おおげさに目を見開き、額に手をあてた。

「じゃあ、孤児院から引き取ったというのも事実なの？　どこで誑かされたか知らないけれど、この家の財産が目当てに決まっているでしょう」

背を向けているハインツが、どんな顔をしているか、マリアには見えない。

アウロラという少女は蒼白な顔でハインツと自分の母を見つめている。

けれど、マリアは、傲然《ごうぜん》と顎を上げて見下ろしてくるヴェロニカの反応が、ごくごく当然のものだと思った。

「こんな小娘、どこかに家でも借りて、愛人にすれば――」

「お母さまもうやめて。失礼だわ」

アウロラがヴェロニカの声をかき消すように言った。

（こんなこと、慣れている）

マリアはヴェロニカの言葉に動じはしなかった。

親が居ないと軽んぜられ、物が無くなれば盗んだのではないかと疑われる。物ごころついたときからそれを受け入れてきたから、マリアが傷つくことはもうない。

マリアはそっと目を伏せる。

「なんて気持ちの悪い目なの」

懲《こ》りないヴェロニカは、マリアの顔を覗きこんで言った。

その言葉に、ハインツの肩が小さく揺れた。大きな手が、手の筋が浮くほど強くステッキの柄を握り締める。こちらを見ないまま、彼は冷たい声でアモンに言った。

「――何をしている。マリアを連れていけ」

アモンが、立ちつくすマリアを促し、廊下に連れ出そうとする。茫然としたままの若い門番も、アモンに小声で命じられ、我に返ったようにそれに続いた。

「ああいう目のことを、『悪魔が取り換えた』というのよ。普通の人間には見えないものが見えるの。ねえ、兄さん、冗談よね？　どこの馬の骨ともわからないあんな小娘をこの家に住まわせるなんて――」

マリアはその言葉を聞きながら、アモンに引きずられるようにおぼつかない足取りで階段を上がった。

廊下を進むにつれ、女の声は遠くなり、やがて聞こえなくなった。

自室では、待ち構えていたようにハンナが長椅子を勧めてくれた。

マリアは腰から倒れこむように崩れ、ひじ掛けに身をもたれ掛けさせる。

アモンが、少し離れたところに立ちつくし、深く腰を折る。

「奥様に大変ご不快な思いをさせてしまい、申し開きもできません。全て私の落ち度です」

扉の向こうの廊下で、若い門番も痛ましいほど萎《しお》れた様子で頭を下げている。

実際にヴェロニカたちを屋敷に入れてしまったのは外の少年でも、主人とその妻に対して、命令を守れなかった責任を持つのはアモンだ。

門番の少年は、小刻みに肩を揺らしたまま頭を上げられないでいる。彼は、この部屋に入ることが許されないのだ。本当は、マリアも、あの扉の向こうにいるべき身分なのに。

マリアは言った。

「わたしは平気です。こういうことには慣れています」

アモンは押し黙る。

ハンナが心配そうにアモンと少年を交互に見つめている。

「アモンさんとこのひとは、罰を受けなくてはいけないのですか？」

「さようです」

「どんな……？」

アモンは顔を上げ、じっとマリアの顔をうかがう。教えるべきか迷っているようだった。

「教えてください」

マリアがもう一度尋ねると、アモンは言いにくそうに口を開いた。

「はい。このような事態を招いたのですから、良くて減給、旦那さまのお沙汰《さた》次第では、紹介状なしで解雇もありえないことではありません」

マリアは言葉を失う。

この一週間、マリアは、屋敷から出ず、他人とも会わず、人に傅《かしず》かれてぬくぬくと過ごしていた。だから、自分の取るに足らない身の上をほんの短い間忘れてしまっていた。

マリアは十三のとき、一度だけ奉公に出たことがある。

やっと見つかった勤め先は小さな旅籠《はたご》だったが、それはひどい環境の場所だった。旅籠の女将には目の色を気味悪がられ、気分ひとつで鞭《むち》でぶたれ、食事を抜かれた。

ある夜、客に寝台に引きずりこまれそうになって逃げ出し、それが女将の逆鱗《げきりん》に触れて、孤児院に追い返されてしまった。

それからマリアは、修道女になりたいと考えるようになった。神父は、十七になっても気持ちが変わらなかったら請願《せいがん》を立ててもいいと言ってくれた。

ハインツからの求婚は、まさにその期限とほぼ同時だったのだ。

「少しでも軽くしていただけるように、旦那さまにお願いします。わたしは大丈夫なのだから」

そもそも、ここにこうしていること自体、マリアにとっては夢のように分不相応なことなのだ。それをハインツの妹に咎められたとしても、当然のことだ。

「いいえ、それはいけません。私も、この者も」

アモンは冷静な声で言う。

「でも……」

マリアは、お腹の上でぎゅっと手を握り合わせる。

「――おまえが許してやったとして、それで済むとでも？」

冷たい声がした。

ハインツが、立ちつくす少年をステッキで掻《か》き退《の》け、部屋に入ってくる。その甘い色の瞳は翳《かげ》って見えた。

「おまえが辱《はずか》しめられるということは、もうおまえだけの問題ではないんだよ。私が、妻を侮辱されて、黙って見過ごす男だとでも思っているのかね」

彼は不遜《ふそん》な仕草でステッキをアモンに押し付ける。

アモンはそれを押しいただき、一歩下がった。

「アモンは自分の立場を十分すぎるほど知っている。使用人を監督し、この屋敷を取り仕切り、私が不在の間の全てに責任を持っている」

ハインツは長椅子の上のマリアを見下ろす。

「アモンに限らず、私は使用人たちの全てに職務への責任を要求している代わり、報いてもいるつもりだ。彼らがおまえに甘えて罰を免《まぬが》れようとするような人間だったなら、私はこの場で解雇していたよ」

マリアは彼を見上げることしかできない。自分の思い上がりが恥ずかしかった。

謝罪しようと立ち上がろうとすると、ハインツに支えられた。彼の腕の中で、マリアはそっと目を伏せた。

「旦那さま、……申し訳ありません」

責任をもって罰を受けようとしている人たちをむやみに許すことは、温情でも何でもなく、ただ、かえって彼らを軽んじることになる。誇りをもって働いている人たちだからだ。

「わたしが、思い違いをしていました……」

「わかればいい。アモン、後で書斎に来るように」

ハインツがそう言うと、アモンと門番のふたりが下がっていき、部屋にはマリアとハインツ、そしてハンナが残された。

ハインツはマリアの腰に触れ、コルセットを解いてあげると言ってくれた。

マリアはおとなしく従い、ハンナにボディスとスカートをとってもらうと、ハインツに背中を向けた。見えないところで、彼の両手が締めあげた紐に掛けられる。

手を動かしながら、彼は話しはじめた。

「ああは言ったが、私こそ、おまえに謝らなくてはいけない。ヴェロニカ——私の妹が、ひどいことを言った。元はと言えば結婚のことを知らせていなかった私が悪かった。しばらく知らせるつもりがなかったものでね」

マリアは小さく頷き、唇を開いた。

「結婚を反対されると、わかっていらしたのですね」

ああ、と彼は認めた。

「妹はここを実家だと思っているらしくてね。権利意識が強いんだ。この屋敷は私が買ったもので、あれはここで生まれ育ったわけでもなければ、一晩だって泊めてやったこともないんだが」

腰の締めつけが緩んでゆく。

「ヴェロニカの夫とは取引もあって、なかなか割り切った付き合いができないんだ。義弟は外国から仕入れた茶を国内で商っているんだが、……まあ、そんなことはどうでもいい」

マリアはようやっと深く呼吸することができた。安堵とともに、ヴェロニカの背後にいた麗《うるわ》しく可憐な令嬢の姿を思い出す。

「後ろにいた方は、わたしを庇ってくださいました」

ぽつりと言うマリアに、ハインツは頷いたらしかった。

「姪だ。アウロラという。母親に似ず、道理をわきまえた賢い娘だ。いい婿を見つけてやりたいんだが、本人が頷かなくてね。……ヴェロニカには厳しく言っておいた。もう二度とおまえには会わせないよ。だから、もう、あんなことを言われても大丈夫だなどと言わないでくれ」

優しい声で語りかけられても、マリアは頷くことができなかった。

孤児なのも、他と違う目の色をしているのも、本当のことなので仕方がないと思っている。でも、そのことでハインツに恥をかかせてしまうことが申し訳ない。人のために辛いと思うのは初めてのことだった。

「わたしのせいで、旦那さまが恥ずかしい思いをなさるのは、いやです……」

「だったら、朝に約束してくれたように、堂々と私に寄り添っていることだ」

ハインツは緩めたコルセットをマリアの腰から取り去った。

「きつかっただろう。もう、着けたくなくなってしまったかね」

頭の上から聞こえる彼の声は、意外に優しかった。

昼の馬車の中では、人前で必ずコルセットを着けねばならないと言い含めてきたのに、どうして今は試すようなことを言うのだろう。

マリアは首をめぐらせて、彼を見上げた。思わず唇を開いていた。

「いいえ……、明日も、同じようにしてください」

彼は目を細め、口元に笑みを刷《は》く。

「いい子だ」

シュミーズだけを纏うマリアの身体を後ろから抱きしめ、うなじに鼻を寄せる。

「おまえに免じて、アモンと門番は、きつく叱るだけにしよう」

「……本当に？　いいのですか？」

マリアは思わず振り返ってしまう。

「次はないよ」

マリアは頷いて、ハインツのキスを頬に受けた。

その日も、ふたりで一緒の寝室でやすんだ。

昨晩が嘘のように、ハインツはマリアを終始優しく抱いた。

聖誕祭の夜は、ゆったりと静かに更《ふ》けてゆく。

ハインツは、腕の中で眠る妻の小さな顔を覗きこむ。絹のシュミーズに包まれたほっそりとした身体は、ついさっきまで彼に愛おしまれていた。

その薄い瞼の下には、二色の宝石のような美しい瞳が隠されている。

ハインツは、一目見たときから、この目を、この少女を手に入れたくて手に入れたくてたまらなかった。

初めて会ったのは去年の聖夜。知人を訪ねた帰りに、田舎の雪道で馬車が彼女に泥水をひっかけたのがきっかけだった。

馬車から垣間見た少女は、みすぼらしい外套に身を包み、頼りなげに雪の中に立っていた。フードから覗いた白い顔は鄙《ひな》にもまれな美貌だったが、それ以上に目を引いたのはその瞳だった。右目は藍玉《らんぎょく》の水色、左目は緑柱石《りょくちゅうせき》の碧《みどり》。くっきりと色の違う目が、ものおじもせず、御者と彼を見据えていた。

外套を駄目にしてしまった詫びにハインツが差し出した金貨を見て、彼女は凛とした声で言った。

『お金なら、いりません』

ぼろを纏いながら王女のような気品を放つ少女に、彼は思わず魅せられた。

馬車に乗せようと言ったのは親切心より残酷な気持ちが勝っていたかもしれない。狭い馬車の中に引きずりこんで、そのまま抱いてしまおうかとまで思った。

しかし、彼女はハインツの差し伸べた手を鮮やかに拒絶した。ますます面白いと思った。外套を与えたのは、寒さに凍える様子が哀れだったのももちろんだが、その外套が必ず手元に帰ってくるだろうと見越してのことだ。

ひと月後、期待通りに外套はハインツのもとに送り返されてきた。しかし、彼女や彼女の身内からではなく、馴れ馴れしく取り入ってこようとする小賢しい町医者からだったので、落胆した。医者から少女の正体を聞き出した後は、小金を与えて口止めした。

マリアは、身寄りのない孤児だった。さらに都合のいいことに、彼女が身を寄せる孤児院は経営難に陥《おちい》っていた。寄付と引き替えに少女を引き取りたいと申し出たが、疑り深い神父に一度は断られた。後で聞いたところによれば、マリアは一度決まった奉公先でひどい目にあわされ、命からがら逃げ帰って以来、修道女になることを切望していたらしい。

孤児院を潰して彼女を手に入れることは、ハインツの財力と権力をもってすればたやすかった。しかし、養い子を大切にする神父の態度を尊重して、継続的な寄付を申し出、一年かけて信用を得た。

ハインツは、親から継いだ小さな織物問屋を、一代で国一番の貿易会社にした男だ。人に言えないことはたいてい経験があるし、今もおおっぴらにはできない商売に手を染め、秘密裏に政府高官との付き合いもある。若い時分から女性の扱いには慣れている。妻もいたし、跡継ぎ息子もいる。

それでも、あらゆる手を使ってでも、そしてじっと待たされても手に入れたいと自分から思った女は初めてだった。

屋敷に来たマリアは、可哀そうなほど恐縮して結婚を待っていたらしい。

一年ぶりに会った彼女は、白いドレスを纏っていたせいか、透けるような肌もあいまって無垢で美しかった。神父の前で彼女が少し戸惑った様子で誓句を口にしたときは、達成感に笑みがこぼれた。

寝室で昔話をしたのは、彼女を試すためだった。外套を渡した男のことを少しでも彼女の口から聞ければそれでよかった。まさか、外套を医者に強請《ゆす》り取られたことを涙ぐむほど悔やみ、ハインツとは知らずとも会えるなら詫びたいとまで言われるとは思わなかった。

種明かしに黒い外套を着せかけてやったときの、潤みながら輝く目が忘れられない。思えば、年甲斐もなく本当に恋に落ちたのはあのときだった。

孤独で幸薄く、意固地で痛々しいほど張りつめた少女を、真綿《まわた》でくるむように大切にし、存分に愛して泣かせてやりたい。そして、ハインツの少年の頃のように滾る欲望を埋め込んでやりたかった。

一方、マリアはまだ恋を知らない。

生まれてからほとんどの時間を孤児院で過ごし、外界との接触が極端に少ない環境に置かれていたのだ。そのうえ敬虔《けいけん》な聖教徒で、幼少時から色恋などよこしまなものという固定観念を植え付けられていた。奉公先の女将によって客に売られかけ、辛い思いをしたとも聞いている。

　幼いといってもいいほど若い彼女が恥じらいながらもハインツに従順なのは、信心深い彼女の倫理観が夫に恭順《きょうじゅん》たれと命じるからで、決してハインツに焦《こ》がれているからではない。親が居ないという境遇も、庇護《ひご》者となる男をひな鳥のように慕う心に拍車をかけているだろう。ハインツには少なくとも感謝と敬愛だけは向けてくれているのだろうが、まだそれ以上のものはないはずだ。

　ハインツは、コルセットで全身を締め上げられたマリアの、折れそうなほど細い腰、せり上がった胸部を思い浮かべる。あれでは走ることも腰をかがめることもままならず、何かに縋らなければ長く立っていることさえできない。夫であるハインツが側にいなければどこにも行けない。

　コルセットを締めた身体の不自然な頼りなさは、ハインツをいたく満足させた。自分の与える苦痛に柳眉《りゅうび》をひそめて耐えるマリアの表情も、けなげで見惚れるほど可憐だ。

　ハインツは、マリアの、自分の心や身体、物にも他者にも執着しないさまがもどかしかった。彼女は初めて会ったとき、金貨も、豪勢な馬車に乗せられることも望まなかった。ハインツの外套を幼い子のために町医者に譲り、ヴェロニカにひどい言葉で辱められても使用人たちのためにならば怒ることさえしない。

　一年前の聖夜の日、一度、ハインツはマリアを目の前で逃がしてしまっていた。待ち焦がれた花嫁を、方々に手をまわして、ようやく昨日手に入れることができたのだ。

これからも、マリアがたやすく何でも手放して、ハインツの妻の地位すら諦めてしまうのではないかと、夫としては気が気ではない。

ハインツは、マリアの肢体のなめらかな曲線をてのひらで辿る。

これを目にしていいのは、もう自分ひとりだけだ。

ハインツは、マリアをこの屋敷に囲い、心までも従える準備を整えている。

たとえこの先、マリアが自由に憧れて、自分から離れたがることがあったとしても、もう二度とこの腕の中から逃れることは許さない。

けれど、もしもいつか、鳥籠《とりかご》の中の彼女が恋を知ったら。

たとえば、ハインツより若く美しく、彼女に相応しい男を、その類まれな瞳でひたむきに見つめるようになったら。初めての恋に身を焦がして、涙するようなことがあったら。

ハインツは瞳に暗い光を浮かべ、妻の柔らかな亜麻色の髪に顔を埋めながら思う。

そのとき、おそらく、自分は正気ではないだろう。

2

マリアがファーレンホルスト家に入って、ひと月程が経った。

年が明けた後、ハインツは言っていた通り、マリアのために屋敷に家庭教師を呼んでくれた。

月曜日から土曜日の、三時ごろまでの時間が授業に充《あ》てられた。マナーやダンスの他にも、詩の朗読の練習や、言葉の訛《なま》りを直す訓練、声楽、一般教養の勉強など、しなくてはいけないことはたくさんあった。

家庭教師が帰ると、ハンナがお茶の用意をしてくれ、その後は夕食までゆっくりと過ごした。刺繍をしたり、本を読んだり、授業の復習や宿題に励んだり。あるいは孤児院に手紙を書いたりと、マリアの自由になる時間だ。

このひと月の間、ハインツは何度か出かけている様子だったが、夜までには帰宅していたので、夕食は必ずふたりで一緒にとった。ハインツはその席で、豊富な話題でマリアを楽しませてくれた。反対にマリアの話せることといったら、その日の勉強のことや夕方の時間の過ごし方くらいだ。

最近の話題は、あるひとつのことで占められている。

話は、ひと月前に遡《さかのぼ》る。

聖誕祭の翌日、ハインツが自ら、広大なファーレンホルスト邸を案内してくれた。

ファーレンホルスト邸は、大きくは、応接間とホール、客室がある中央棟と、ハインツとマリアの部屋がある西棟、マクシミリアンの住む東棟に分かれている。厨房や洗濯室、使用人部屋は半地下で、マリアが立ち入ることは許されなかった。

屋外には、森林のように自然な庭園のほか、今は誰も立ち入らない温室に、厩舎《きゅうしゃ》、そして犬舎《けんしゃ》があった。

屋敷では、馬のほかに、二頭の大型犬が飼われていたのだ。

マリアが初めて彼らと対面したのは、犬舎でだった。

マリアは、二頭があまりに大きかったので、少し緊張していた。マリアの見たことのある犬といったら、やせ細った野良犬くらいのものだったから。

二頭の犬は、一目で、ハインツの隣に寄り添うマリアが、新しい家族だと見抜いたらしい。

吠えることもなく近づいてくると、マリアの手袋の匂いを交互に嗅いだ。そして、マリアの周りを一周すると、その足元にゆったりと座りこんだのだ。

マリアはしゃがんで手袋を外し、そのうちの一頭に手を伸ばした。てのひらを開いて、犬の垂れた大きな耳の下を撫でた。犬は、マリアが触れることを黙って許してくれ、もう一頭も同様だった。マリアが嬉しくてハインツを見上げると、彼も優しく見つめてくれていた。

犬たちは五歳になる雄の兄弟で、全身が黒い長毛におおわれ、額から鼻先、それから手足の先だけが白い。マリアの腰ほどまでの体高に、マリアと同じくらいの体重で、狩猟犬として交配された犬種なので、とてもたくましい体つきをしている。物覚えが良く、主人の命令には絶対に従った。

マリアはほとんど毎日、夕方の犬の散歩に付き添うことになった。

犬の引き綱《つな》は専任の世話係が引いているので、マリアは世話係と並んで一緒に歩くだけだ。マリアも引き綱を握ってみたいと思うけれど、もしも体が大きい二頭が走り出したら止められないことはわかっていた。

これまでマリアが触れあったことのある動物は、修道院で飼われていた牛と馬、羊に鶏といった家畜だけだった。動物と一緒に遊んだり、散歩をしたりといったことは初めての体験だったので、マリアはすぐに夢中になってしまった。

今日は安息日《あんそくび》。家庭教師の授業はお休みだった。

マリアは、二頭の犬と一緒に、中庭の芝生広場で雪遊びをしていた。

その日は朝から雪が降っており、地面の上にはかなりの積雪があった。ハインツと一緒に朝の礼拝から帰って来たあと、世話係が犬たちを広場に放して遊ばせるというので、混ぜてもらったのだ。

世話係は、犬が大好きだという、とっておきの玩具を貸してくれた。毬《まり》だ。

マリアがそれを遠くに放ると、二頭は積雪をものともせずに競いあうように走ってゆき、あっという間に毬を咥《くわ》えて戻ってきた。何度繰り返しても犬たちは飽きることを知らず、無邪気な目でマリアに遊んでほしいとじゃれてくる。

マリアが毬を投げたふりをすると、きらきらとした目を動かしてマリアの手の中を見るだけで、追いかけようともしない。

二頭はやんちゃなだけでなく、とても賢く、注意深くもあった。

遊び疲れた二頭は、熱くなった体を冷やすように、雪を食べている。

マリアはその隣にしゃがみこみ、頭についた雪を払ってやる。

犬と一緒に動いていると、体がぽかぽかと温まってきて、外套がいらないくらいだった。ハインツに締められるコルセットのせいで、走ったり雪の上を転げたりといったことは制限されるが、慣れもあって、ひと月前よりは随分動きやすい。

二頭の犬は大きな体を雪の上に横たえ、ついにはごろんとマリアにお腹を見せた。

その首の下からお腹にかけてのふさふさとした被毛をそっと撫でていると、しばらくして、降り続いていた雪がふと止んだ。

マリアは顔を上げて空を見た。

すると、突然、二頭が首をもたげて立ち上がった。

短く一声嬉しそうに吠え、屋敷のほうへ駆けだしている。

東棟に続く渡り廊下に、男の人影があった。

黒い外套を着て、山高帽を手にした青年が、渡り廊下から、じっと、こちらを見ていた。

その後ろには、大きな荷物を抱えたアモンが付き従っている。

二頭の犬が青年に駆けより、仔犬のように必死にその足元にまとわりつく。

しかし、彼はそれも目に入らないようだった。

渡り廊下の石畳《いしだたみ》を下り、雪を踏み分けるようにこちらに向かってくる。

犬たちが忠実な護衛のように彼の両脇に寄り添う。

雪の上に腰を下ろしていたマリアは、ゆっくりと立ち上がった。

スカートの雪を払うことも忘れていた。

手を伸ばせば届くほどの距離に近づく前に、ふたりは互いの顔を認めた。

青年が微かに唇を動かす。

「君は――」

その氷のように冷たい水色の瞳、ルネサンス期の青年像のように整った完璧な造作。低くなめらかな声。

青年との邂逅《かいこう》は、たった一度、ほんの一瞬の出来事だった。

二度と会うはずのない人だった。

運河船の着く町で、マリアの風に飛ばされた帽子を拾ってくれた人。

彼の名前を、マリアはもう知っている。

マクシミリアン・ファーレンホルスト。

ひと月の間この屋敷を留守にしていた、ハインツの息子だったのだ。


その日の夕食の席で、ハインツはいつもに増して饒舌《じょうぜつ》だった。家族がようやく揃ったことが嬉しいのだろうか、いつもより豪華な夕食を急ごしらえで用意させていた。

「マリア、会ってみてよくわかっただろう？　マックスは私に似ていないって」

マリアはマクシミリアンのほうに顔を向けることができないが、彼はどうやら黙々と料理を口に運んでいるようだった。食堂の席に着いてから、一言も発していない。

「性格も全く違ってね、真面目で、少し気難しいところがあるんだ」

マリアは答えかね、困って眉を下げる。

ハインツは全く気にせず、今度はマクシミリアンに話しかける。

「連絡を寄越してくれれば、迎えの馬車をやったのに。こんな雪の日に流しの馬車を拾ってくることはないだろう」

マクシミリアンの帰宅は突然のことだった。そろそろ帰ってくるだろうということはわかっていたのだが、戻る日を知らせる電報がいっこうに届かなかったのだ。

「こんな天候ですから、船が遅れるのはわかっていたので、あえて知らせませんでした」

マクシミリアンの声質はハインツにとてもよく似ていて、聞き惚《ほ》れてしまいそうになめらかだ。しかし、決定的に柔らかみに欠けている。あえて感情を押し殺したように冷たく響くのだ。

「向こうはどうだった？」

「特に問題はありませんでした」

マクシミリアンが言い放ったきり、会話は途切れた。

カトラリーと食器が触れ合う音だけが響く中、女中が肉料理を運んできた。

マクシミリアンは、自分の前に皿が置かれるのを見ながら、ナフキンで口元をぬぐうと、椅子から立ち上がった。

「申し訳ありませんが、長旅で疲れているので、もう腹に入りません」

女中はかわいそうなほど驚き、狼狽《ろうばい》している。

「少し部屋で休ませていただいたら、出張の報告をしに書斎にうかがいます」

ハインツは、淡々とそう告げるマクシミリアンをじっと見つめている。

引きとめるつもりはないようで、鷹揚《おうよう》に頷いた。

「失礼します」

そう言って、マクシミリアンはさっさと食堂を出て行った。

ハインツが、立ちつくす女中に、おまえのせいではない、気にしないように、と声をかけてやっている。

マクシミリアンが夕食を中座したわけが、マリアにはよくわかっていた。

疲れて外国での出張から帰って来てみたら、家には父親の再婚相手がいて、その相手は身寄りがないうえに気味の悪い目をした、父親より二十歳以上も年下の女だった。マクシミリアンも父が再婚することくらいは聞かされていただろうが、少なくとも、自分が留守をしているときにあっという間に屋敷に居つき、彼の愛犬たちと我が物顔で戯《たわむ》れているとは思わなかっただろう。

二頭の犬はハインツに完璧に従っていた。犬は人に序列を付けるというが、彼らがハインツをおそれ、この家の主だと認めているのは間違いないだろう。

しかし、彼らが本当に親しみ、馴れあい、待ち焦がれていたのは、マクシミリアンのほうだ。

それが、今日の犬たちの様子からありありとわかった。

世話係に聞いてみれば、犬たちの早朝の散歩には必ずマクシミリアンが連れていくというし、週二回の毛並みの手入れも、月に一度の水浴びも、世話係と一緒にマクシミリアンが行うという。

マリアは申し訳ない気持ちでいっぱいだった。

それと同時に、微かな胸のざわめきが抑えられない。

彼と再び会えたことが嬉しく、でも、会わなければよかった、会いたくはなかったという思いが勝る。

おそらくはヴェロニカと同じように、マクシミリアンがマリアを嫌っているだろうことがわかるからだ。

マリアはろくに食事の味もわからないまま、ナイフとフォークを使った。

その様子に気づいてか、ハインツはもうマリアに話しかけることはしなかった。


夕食の後、ハインツは仕事の続きをするため書斎に行ってしまった。

マリアはひとりで自室に戻った。彼が長くそこに籠《こも》るときは、コルセットはハンナに外してもらい、そのまま入浴することになっている。

入浴を済ませ、いつもの就寝時間まであと半時ほどになったころ、マリアは寝巻の上にガウンを羽織った姿でハインツの書斎に向かった。

毎晩、ハインツの懐中時計を巻き終えたら一緒にやすむのが習慣になっている。

今夜はマクシミリアンもそこでハインツと会うと言っていたが、さすがに遅いので、もう用事を済ませているだろう。

マリアは静かに廊下を歩き、書斎の扉の前に来た。

いつものようにノックしようとしたとき、中から、話し声が漏れ聞こえてきた。

盗み聞きなどよくない、立ち去らねばと思いつつも、思わず意識が奪われてしまう。

「――どういうことですか。確かに、再婚することは話してもらっていました。でも、結婚式には少なくとも身内を招かなければ。時期も非常識ではないですか」

「時期は、教会が許したのだから問題ないだろう。身内といってもおまえとヴェロニカたちくらいのものじゃないか。それに、おまえは教会嫌いでろくに寄り付かないだろう」

よく似たふたりの男の声が交錯する。

「だいたい、年はいくつです。まだ子どもでしょう」

自分とのことを話しているのだとわかり、マリアはその場を離れられなくなってしまう。

「十七だよ。立派に嫁げる年齢だ」

「アモンから聞きましたが、一切身寄りがないとか」

「ああ」

「では、孤児院から、寄付の代わりに引き取ったというのも事実ですか」

「そうだ」

「――まるで人買いだ」

その言葉に、マリアの胸がぴくんと跳ねた。

求婚してくれたハインツも、同意した自分も、非難されたように思えて辛かった。

椅子からどちらかが立ち上がる気配がする。

「とにかく、納得できません」

席を立ったのは、マクシミリアンだったようだ。

「マックス、おまえはつねづね言っていたじゃないか。自分は結婚など絶対しないから、事業を係累《けいるい》に継がせたいなら孫を待つより子どもを作れと。再婚を勧めてもらっていると心強く思っていたんだが、違ったのかね」

ゆったりとハインツが言う。

マリアには、ふたりの様子が目に浮かぶようだった。

「俺は妻帯するつもりはありませんし、父さんが今度こそ愛する女性を妻にするというのなら、どんな人でも賛成したいと思っていましたよ。しかし、母などとは間違っても呼べません。あんな——」

マクシミリアンの言葉に、マリアは耳を塞いでしまう。

扉を離れ、足音を立てぬように早足で扉から離れた。

廊下を曲がり、暗がりに身をひそめた。

話は済んだのか、あるいは決裂したのか、書斎の扉が開いて、人が出てきた。

マリアは見つからないように壁際に身を寄せる。

マクシミリアンは廊下を真っ直ぐ中央棟に向かって進んで行ったので、マリアに気づくことはなかった。

一瞬だけ見えた彼の横顔は、厳しい表情を浮かべていた。

マリアはとぼとぼと歩いて行って、書斎の前で止まる。おそるおそる扉をノックした。

「失礼します」

書斎机の向こうで、ハインツが顔を上げた。マリアが寝転がれるほど大きな机だ。

この部屋は両側の壁が全て本棚になっており、ハインツの机と回転椅子に、応接用の卓と椅子、そして暖炉の前にも肘掛椅子が配されている。その肘掛椅子はマリアのためにごく最近用意されたものだった。

「なんだ、マリアか」

眼鏡をかけた彼は、微かに笑んでマリアを迎える。

マリアは、いつものように彼の机に近づき、卓上の懐中時計を取りあげる。

彼が抽斗《ひきだし》から螺子を出してくれたので、黙って受け取り、すっかり定位置になった肘掛椅子に腰を下ろした。

書斎でのハインツは、眼鏡をかけた横顔が理知的だ。

毎晩、彼が回転椅子に掛けて新聞を読んだり書き物をしたりするかたわら、マリアは暖炉の前で懐中時計の螺子を巻く。夫婦と言うよりはまるで、父と娘のような過ごし方だと思う。会話はなくても、自然と安らぐことができる。

そのはずなのに、今日は、落ち着けない。

このひと月で習慣になった手作業にも集中できず、脳裏《のうり》にマクシミリアンの冷たく苦々しげな目と、そっけない声を繰り返し思い浮かべては、手を止めてしまう。

ハインツが仕事に注意を傾けてくれていてよかったと思う。

もしも彼に真っ直ぐ見つめられていたら、さっきふたりの会話を盗み聞きしていたことを見抜かれていたかもしれない。いや、マリアの心中を見透かすように言い当てる彼のこと、ひょっとすると、かつて彼の知らないところでマクシミリアンと会っていたことにまでも気づくかもしれない。

マリアはぼんやりと暖炉の火を見つめた。

手の中の懐中時計は、冷たく、ずっしりと重い。

「……どうしたんだい」

声をかけられ、顔を上げる。

肘掛椅子の背後にハインツが立っていた。彼は椅子の背もたれに手を掛け、マリアの手の中を覗きこむ。まだ時計を巻き終えていないことに気づいたらしい。

「何か気になることがあるようだね」

マリアは目を伏せ、唇だけで微笑んだ。

「ほら、来週、初めてお呼ばれしているでしょう」

それは本当のことだった。来週の土曜の晩は、ハインツとともに、ハインツが若いころに世話になった女性の誕生日のお祝いに招待されているのだ。

「うまく踊れるか、不安になってしまって」

「本当に、嘘がつけないんだな」

うそぶくマリアの強がりを、彼は簡単に見抜いてしまう。

「さっきマックスが夕食を中座したのは、自分のせいだとでも思っているんだろう」

マリアは頷かなかった。でもそれは、はいと答えるのと同じだった。

「言っただろう、マックスには気難しいところがあるんだ。それに今日は疲れていたようだ。おいおい仲良くなればいいよ」

マリアは少し首をめぐらせて、ハインツの顔を見つめる。

優しさと熱を孕《はら》んだ緑色の目が眇《すが》められる。

マリアはさっと頬を紅潮させた。

書斎にいるのに、寝室で向き合っているかのような気持ちになってしまったのだ。

ハインツはマリアの狼狽を読み取ったらしかった。

後ろから椅子の背もたれごと抱きしめるように腕が回され、首筋に顔を埋められる。かたい鼻先の感触に身をよじると、夜着の胸元に手を差し入れられた。

「あ……、だめです……」

「なぜ？」

問いかけながら、彼は襟ぐりをくぐってマリアの無防備な乳房に触れる。まだ柔らかいその先端を指先でとらえ、掬うように持ちあげる。

「ここは寝室じゃありません……」

「寝室ならいいのかね？」

そういうつもりでもなかったのに、とマリアは口を噤んでしまう。

「マリアのここは、触る前はとろけそうにしっとりして柔らかいのに、すぐ、尖ってしまうね」

人差し指が円を描くように乳頭を捏《こ》ねまわす。

「だめです、そんな風に……、こ、こんなに明るいのに……」

「ここは、もっと触ってほしいと言っているけれど」

手が反対の乳房に移る。そこは、触れられてもいないのに期待に硬くなってしまっている。

「いけません……、まだ、時計を巻いているから」

「おまえの仕事なのだから、気兼ねなく、するといいよ」

「こんなことをしていたら、できません」

マリアが唇を尖らせると、ハインツは空いているほうの手でマリアの首筋をくすぐってくる。猫にするような仕草だった。

「こんなこととはどういうことだい」

尋ねられ、マリアは答えに窮《きゅう》した。

「言ってごらん。何をしたらいけないんだね」

「……手で触っては、だめ」

「それだけ？」

マリアは必死で考えるけれど、乳首をいたぶる指先が甘い刺激を与えてきて、言葉が途切れてしまう。

「あとは、その……、……てはダメ」

はっきりとは口にできないマリアに、ハインツは喉奥で笑った。

「そう。入れては駄目なんだね。仕方ないから嫌がることはしないであげよう。その代わり、おまえもこれ以上駄目だと言ってはいけないよ」

ハインツのいたずらな手が胸元から引いていく。

安堵したのもつかの間、彼は肘掛椅子の前に回ってきた。マリアの足元、暖炉の前に腰を下ろし、足を胡坐《あぐら》に組んでしまう。

「私のことは気にしなくていいよ」

そう言って、マリアの足から部屋履きを引きぬく。

彼は前かがみになると、露わにされた爪先にくちづけてきた。

「……あ……」

唇の柔らかい感触に、声が漏れる。

「ほら、続けなさい」

「どうして……」

「手で触ってはいけないというから、キスしているんだ」

彼はマリアの足の指を唇に含んだ。

「あっ」

温かくぬるりとした口腔に包まれ、くすぐったさに声を出してしまう。

「足なんて……汚いです……」

顔を上げ、ハインツは掠れた声で答えた。

「汚くなどないよ」

そして次の指を舐める。熱い舌が指の腹をなで、その間をなぞり、爪をくすぐる。全ての指をしゃぶり終えてしまうと、彼は今度は足の裏を濡らす。尖った舌が土踏まずを何度か行き来し、かかとまでたどり着く。まるで果実をかじるように歯を立てられた。

「ん……」

マリアの足の甲は緊張してぴんと反り返ってしまう。

こんなことをされるのは初めてだった。

聖誕祭の日の初夜以来、ハインツは毎晩マリアを抱いている。彼はたくみな手指でじっくりとマリアを満足させた後、ゆっくりと体を重ねて、自らが果てるまでマリアの身体を揺さぶる。それも、正面から抱きあう格好でだけだ。マリアはそれが夫婦の行為の全てだと思い、恥ずかしさに耐えてきたのに。

足を舐めつくした彼は、くるぶしに、すねに、鼻をこすりつける。

夜着の裾は乱され、太ももまで露出していた。

それなのに、手で触るなとだけ言った手前、彼を止めることができない。

マリアは手の中の時計を取り落とさないでいるだけで精いっぱいだった。

彼の顔がふくらはぎをゆっくりと上がって来て、膝に辿りつく。

「あ、いやっ」

彼の手が、マリアの両膝の裏にかかる。両脚をひじ掛けの外側にかけ、大きく開かせた。

ハインツの命令で下着はつけていないので、秘められているそこが露わになる。必死で脚を閉じようとするが、止められた。

「だめだということはしていないだろう」

眼鏡をかけたハインツの目線に晒されているかと思うと、暖炉の前にいるせいだけではなく、そこが熱くなっていってしまう。

彼はまた、膝の内側から内ももにかけての肌を舌でなぞりはじめた。

「よく見えるよ。見られて嬉しいのだろう？　先端がふくらんで、つんと上を向きはじめている。花びらも少しずつ開いて、誘っているようだよ。それに、甘いにおいがする」

彼はマリアの片方の太ももに顔を寄せ、じっと下を眺めている。

マリアは浅い息を吐きながら、されるがままでいるしかない。

「脚を……、脚を閉じさせてください。おねがい……」

「だめだ」

強く言い切り、マリアの中心に顔を近づける。

吐息が触れるほど近くで見られている。

マリアは、自分の奥がきゅんと疼くのを感じて目を閉じた。奥から愛液が溢れて来て、とろりと垂れるのがわかる。あまりの恥ずかしさに顔を背ける。

「ひとりでに涎《よだれ》をこぼして……、かわいいね」

彼が言い終えるや否や、濡れた温かいものが、マリアのそこに触れた。触れると言うよりは、吸いついてきたというほうが正しい。

「あああっ」

ハインツがすぼめた唇で花芯を含み、軽く吸い、力を抜いた舌でぬめぬめと転がす。それは指で触れられるより何倍も優しいが、何倍もなめらかで刺激が強かった。冷たい眼鏡のつるが、下腹に触れる。

「や、いやあ……っ、あっ」

マリアは太ももをぶるぶると震わせた。

いつの間にか、懐中時計が手から滑って、床に転がっている。

「ああ、あぁ……、ダメ、だめ……」

ぬるぬる、ぬるぬると、感じるところだけを延々と舐められ、愛撫されるために開かれ固定されてしまった身体は、どんなにもがいても逃げられない。もじもじと尻を微かに揺らすことしかできない。

マリアはきつく目をつぶり、夜着の裾を握って、執拗で濃厚な愛撫に耐える。

舌は決して、マリアのとろけきった蜜壺には触れない。

「やぁ……」

毎晩、マリアの身体に、淫核を責められればおのずと濡らして中に欲しがるよう教え込んだのは、他ならぬハインツだ。

濡れた肉壁は、中を埋めてくれるものを求めてきゅうきゅうと狭まる。なのに、ハインツはそこには何も与えてくれない。いつもなら、優しく指を差し込まれ、おへその裏の気持ちのよいところをそっと押し上げてもらえるのに。

自分の脚の間、ハインツの口元から、ひっきりなしにぴちゃぴちゃと水音がする。耳を塞ぎたいような気持ちだった。

そのとき、廊下から微かに、足音が聞こえた。

ハインツの口戯に夢中になっていて気づかなかったが、人が書斎に近づいてきていた。

マリアははっとして両手で口を覆う。

ハインツは顔を上げてマリアの顔を見つめながら、濡れて汚れた眼鏡を外す。

彼の目が細く眇められ、囁くような声が問いかけてくる。

「どうした」

マリアは扉を見つめ、いやいやと首を振る。

ハインツは残酷に笑った。

そして、マリアの秘所に顔を伏せると、花芯をちゅっと吸い上げる。熱い、とても分厚い舌が、ぬるりと花弁を分け入って、内部をぬちゃぬちゃと掻きまわす。

「ん、んん――っ！」

足音が扉の前で止まった瞬間、マリアは絶頂に押し上げられた。

顔を両手で覆い、唇を噛んでも、声が漏れてしまう。

「……あ……はぁ……」

ハインツは、びくびくと魚のように跳ねるマリアを、しかし解放はしなかった。広い肩で太ももを押さえつけたまま、絶頂に達して敏感になった極所をなだめるように柔らかく舐めまわす。

足音の主は、扉を隔てたこちら側で何が行われているか気づいただろう。

息を殺して待っていると、足音は、また遠ざかって行った。

一息に緊張が解け、マリアはぽろぽろと涙をこぼした。

こんなところで、舐められて果ててしまった様子を、誰かに聞かれたのだ。

「マリア」

ハインツが、口元の蜜を拭いながら呼びかけてくる。

「かわいい妻のわがままを聞いてあげて、気持ちよくしてあげて、どうして私は泣かれなければいけないんだい？」

低く甘い声が、マリアを優しく苛《さいな》む。

ハインツはマリアの開き切った脚を肘掛から下ろし、閉じさせてくれた。

「ひどい、ひどいです……。外に人がいたのに」

「あの足音はアモンだったよ。気にすることはない」

本当にそうだっただろうか？　マリアにはもう、考える余裕もない。

夜着の裾が整えられるが、その絹の生地は、マリアがこぼしたはしたない蜜とハインツの唾液でぐしょぐしょに濡れている。

目を背けて縋りついてくるマリアを、ハインツはやれやれといった様子で受けとめる。

「旦那さま……」

マリアは唇にその呼びかけを乗せる。

たくましい腕を頬に感じただけで、また腰の下が疼く。

ひと月前に初めて男に抱かれた身体は、まだ胎内への刺激だけで達することができるほどには熟れていない。けれど、ぬめる指で花芯をいじめられながらゆるゆると中を擦られ、恥骨の裏のひどく感じるところを突いてもらって、二度目、三度目の喜悦を極めることを覚えた。

こんなに恥ずかしく、いやらしいマリアを知っているのはハインツだけだ。

それなのに、ハインツは、他の男にこんなことをしてもらってはだめだよ、と繰り返し言い聞かせてくる。

「マリア、どうしたいんだい」

耳元に甘い声が吹きこまれる。

自分が頼る人は彼しかいない。マリアを見出し、招き、抱きしめ、優しく名前を呼んでくれる人。家族になってくれた人。

ハインツは、気味の悪い目の色のせいで捨てられたマリアをきれいだと言ってくれる。望まれないのに生まれてしまった罰として親に捨てられてしまったことを、ただの巡り合わせで、だからこそ会えたのだと慰めてくれる。

マリアは、ふと思う。

彼に抱かれ、今まで想像すらしなかった快楽を教えられ、与えられるままに受け入れるのは、自分ひとりには本当に過ぎた幸福だ。

マリアは、堕落することを、怖いと思っていた。けれど、夫に愛されることは堕落とは言わないと、ハインツは根気強く教えてくれる。

それでも、幸福すぎて怖くて、ハインツの愛撫の手から逃れたがってしまう。

ハインツはしばらく待っていた。しかし、望みを口にできないマリアに焦れたようで、彼女を横抱きに抱え上げると、書斎を出て、寝室に向かった。

一週間後、マリアは初めて、ハインツの個人的な招待に同伴することになった。

訪問先は、ハインツが事業に成功する以前から懇意《こんい》にしている、キルマイヤー夫人という女性の邸宅だ。彼女が六十歳の誕生日を迎えた祝いの席に、連れ立ってゆくのだ。これが、彼の言う『断れない付き合い』なのだろう。

夕方から始まる宴のため、マリアは朝から準備に大忙しだった。

念入りな入浴とともに、髪は艶を出すために卵を塗って洗われた。マリアの髪が乾いて、全身をクリームで按摩《あんま》される頃には、もう正午を回っていた。

軽い昼食をとって少し休み、衣装の着付けをはじめる段になると、書斎で仕事をしているはずのハインツがマリアの部屋にやってきた。

コルセットを締めるためだった。

「今日のは、夜会服用に特に細く作っている」

ハインツはそう言い、真新しいコルセットを箱から取り出しながら、マリアを寝台の柱の前に立たせる。コルセットは容赦なくぎりぎりと締められた。少し休んでもう一度同じことを繰り返すと、ハインツは満足そうにマリアのくびれた腰を撫でおろす。

今日のコルセットは普段着用とは違う硬い素材でできていて、形もえぐるように細くなっているため、いつもより格段に窮屈だった。

「ドレスを着た姿が楽しみだ。今日は、あの耳飾りを着けるように」

マリアは頷きながら、ハインツに相応しく見えるように我慢しようと思うのだった。

ハインツに命じられ、ハンナは、化粧だんすから天鵞絨《びろうど》張りの平たい小箱を取り出し、鏡台の上に置いた。

箱の中には、一組の耳飾りが鎮座している。

台座は全く同じ形で金でできているのだが、はめられている石がそれぞれ緑柱石と藍玉といった具合で、対なのに違っている。マリアの目の色に合わせて作られたものだと、見た者は一目でわかるだろう。

ハインツからの聖誕祭の贈り物だった。

唐突に、扉が廊下側からノックされた。

「旦那さま。アモンでございます」

扉の向こうから渋い声が聞こえた。

「マリアの着替え中だ」

ハインツが声だけで答える。

「急ぎお伝えしたいことがございます。おいでいただけませんでしょうか」

「後にしてくれ」

「申し訳ございません、例の件で連絡が入っておりまして……」

聞いた彼は片眉を上げ、少し鼻白んだ様子を見せながら、仕方ないと漏らした。

「今行く。……マリア、きれいにしてもらうんだよ」

そう言い残して、彼は部屋を出ていった。

マリアは着付けを再開してもらった。

ハンナが、クローゼットから手際《てぎわ》よく衣装を運びこんできた。ハインツが今日のために用意させたのは珊瑚《さんご》色の絹のドレスで、落ち着きすぎず、若々しすぎず、華やかなお祝いの席に相応しい。

ドレスは、寸分の隙もなくぴったりに作られていた。コルセットの上からでなければ着られないし、少し食べ物を食べただけで苦しくなってしまうだろう。

(こんな格好で踊れるのかしら)

そんなことを考えながら鏡台に座ると、あとはハンナがあれこれと施しはじめるので、マリアはされるがままだ。白粉《おしろい》、頬紅《ほおべに》はごくごく薄く、眉は自然な形に描き、口紅はハンナが数種類を混ぜてドレスと同じ色を作って塗った。

「お若いし、肌もきれいだから、これくらい薄化粧でいいんですよ。このほっぺ、まるで白桃のよう」

ふくよかな指がマリアの頬に触れる。褒められ、照れくささに肩をすくめる。

そのあとは手早く髪を結いあげられ、ハインツの贈り物を耳朶に飾る。

盛装した姿に合わせるのは今日が初めてだった。

ハンナが嘆息《たんそく》する。

「何度見ても本当に素敵。同じ大きさとカットにできる石を揃えるのは、とても大変だったはずですよ。見劣りしないように光らなければいけませんからね」

こんな小さな金属と石のかたまりふたつで、おそらくは、孤児院の一年分の食費がまかなえるはずだ。ひと月の暮らしで、マリアはようやくそれくらいのことがわかるようになっていた。

マリアは、両目と揃いの宝石で飾り立てられた、鏡の中の自分を見つめる。

自分だけが、なぜ、こんなにも恵まれているのだろう。

孤児院に手紙を書けば、神父や修道女たちはマリアの幸運を手放しで喜んでくれ、もう昔のことは忘れて幸せになりなさいと言う。少し時間がかかったが、マリアに家が見つかったのだからと。

ぼうっとしていると、大きな足音が近づいてきて、扉の前で止まったのがわかった。

「入るよ」

言うや否や、ハインツが大股で部屋に入ってきた。彼は腕を組んで難しそうな顔をしている。身支度を終えたマリアを見て、一瞬その目を和らげ、口元をほころばせたが、すぐに元に戻ってしまう。

「マリア、すまないが、急に客が来ることになった」

マリアはすぐに頷いた。招待には揃って欠席するということなのだと思ったからだ。

「私の代わりにマックスを行かせる」

思いがけない言葉に目を瞠ったマリアに、彼は続けて告げる。

「マックスの支度が済み次第、発《た》ってくれ。少し遅れるかもしれないが、夫人にはマックスから詫びさせる」

本当にすまないね、と短く言って、彼は部屋を出て言った。

立ちつくすマリアに、ハンナが長椅子を勧めてくれる。

マリアは、自分の胸が、うるさいほどに大きく鼓動するのを感じていた。


マクシミリアンとマリアは、連れ立って馬車に乗った。

彼は黒い略装姿だった。細身ながら背が高く肩が広い彼は、見とれるほど立派で美しい。

彼は終始無言だったが、マリアを馬車に乗せる時も、馬車から下りてキルマイヤー邸に入る時も、完璧にエスコートをこなした。

玄関で従僕《じゅうぼく》に迎えられ、外套を預けると、マクシミリアンはマリアの半歩前で肘を上げて右脇を空けた。授業で習い、ハインツにも練習してもらったところによれば、ここで左手を男性の腕に添えなくてはいけない。

逡巡するマリアに、彼は大変不機嫌そうに目で促す。

マリアはそっと彼の脇に左手を預けた。

上着の上からでも、強くたくましい腕の感触が伝わってくる。

この一週間というもの、マクシミリアンは仕事のためか意図的にか、日付が変わる頃にしか帰宅しなかった。マリアには、彼と食事で同席するどころか、廊下ですれ違う機会すらなかった。

今日はハインツとマリアが出かけるから、彼はたまたま屋敷にいたのだろう。

せっかくの週末の夜に急に父の代理で出かけることになったばかりか、どう見ても義母には見えない得体の知れない女を連れて歩かなければいけないのは、彼にとってどれほど不本意なことだろう。

マリアはマクシミリアンに随《したが》って、舞踏室の控えの間に入った。マリアたちの到着は遅い方だったらしく、そこには既に十組近くの先客がいた。

マクシミリアンに壁際の椅子に座るよう示され、腰かける。

彼はいつの間にか従僕から飲み物を受け取っており、ひとつをマリアに差し出した。

顔を上げたマリアは、室内の人たちの視線が、一部はぶしつけに、一部はひそやかに、自分たちに向けられているのに気がついた。

マクシミリアンはマリアをさりげなく隠すように立っているのだ。

「堂々としてください」

ひそめた声で、彼は言った。

それが、マクシミリアンが、再会して初めてかけてくれた言葉だった。

「それくらいのこともできませんか」

前に会ったときとは全く違う、冷たくて硬い声だ。

「今日の集まりは小規模で、招待主も客も父には好意的な部類です。今日のこの席をやり過ごせないのなら、他の席に出ることなど諦めたほうがいいでしょう」

マリアは小さく頷いた。

「父はあなたの出身を公《おおやけ》にはしていませんが、ほぼ全員に知られていると思った方がいい。仕立て屋から聞いた叔母があちこちで触れまわってしまったのでね。今日は叔母は呼ばれてはいないはずですが……」

マクシミリアンは小さくため息をつく。

マリアは、いたたまれなさに俯きかけ、堂々としろという言葉を思い出して顎を上げる。喉の下からおへそのあたりまでがきりきりと疼く。コルセットに締めあげられた部分が悲鳴をあげている。

「招待主は父の古い友人です。うまく受け答えしようとか気に入られようとか、そんなことは考えなくていい。黙ってついて来なさい。いいですね」

「……はい」

答えたマリアに何を思ったのか、マクシミリアンは唇を引き結んだ。

広間に続く扉が開いて、ゆったりとした音楽が流れてきた。それを合図に、客たちは移動しはじめる。

マクシミリアンがマリアの手からグラスを取り上げた。

彼の言葉は冷たいけれど、視線は真っ直ぐに、マリアを守っているかのようだ。

マリアは彼にてのひらを預け、ゆっくりと立ち上がった。

広間は煌々と明るい。壁際には音楽隊が控え、飲み物を運ぶ従僕が、花のように着飾った客の間を蝶のように縫って歩く。

奥の窓際で、一見地味な装いの女性が客らしき人を相手に話している。ドレスは黒と見紛うような深緑色。耳と首に揃いの黒真珠を飾り、彼女はまるで女王のようにそこに立っていた。

その姿に心を奪われているマリアに、マクシミリアンが目配せする。

「キルマイヤー夫人。今日の招待主です」

マリアは無言で頷く。

「まず、彼女に挨拶を。近くで待ちましょう」

マックスは対角線上のキルマイヤー夫人に近づくために、壁際をゆっくりと歩きはじめた。

すれ違う女性がマリアの顔を見、扇越《おうぎご》しに隣の男性にこそこそと何事か囁いた。

マリアは、マクシミリアンに気にするなと言われた通り、何とか顔を上げた。彼の腕を摑む指に、無意識のうちに力が入ってしまう。

「やあ、マクシミリアン君」

声がして、明るい栗毛の男性がマクシミリアンの前に立ちふさがる。年はマクシミリアンと同じほどか少し上で、略装姿だが、きっちりと着こなすマクシミリアンに対して、彼はどこかわざとらしく気障《きざ》な雰囲気だ。

「どうも」

マクシミリアンは軽く会釈するが、あからさまに不機嫌そうだった。

「君が来ているとは思わなかったよ。てっきりお父君がおいでになるものと思っていた。隠居されたとはいえお忙しい身の上のようだねえ」

「父は悠々と暮らしていますよ。今日は、たまたま」

「――表舞台から身を引いたのは、本業に専念するためだという噂だけれど？」

マリアは飄々《ひょうひょう》と語る男を、訝しくうかがう。

何の話をしているかわからないけれど、マクシミリアンとの間に流れる空気はどこか危ういものがある。

「何のことだか。年のせいでいろいろ儘ならなくなっただけですよ」

マクシミリアンの受け答えはつっけんどんで、相手に付け入る隙を与えない。

男は何かを聞き出そうとするのを諦めたらしく、おおげさに両腕を広げ、今度はマクシミリアンとマリアを交互に舐めまわすように見た。

「こちらの女性は？　紹介してくれよ。君がいつもの従妹《いとこ》君以外を伴っているのは初めてだろう。よければ最初の一曲を……」

マクシミリアンが男の言葉を遮った。

「悪いが、キルマイヤー夫人より先に紹介するわけにはいかないので」

男は腕を組み、首を傾げる。

「ふうん……、ではまたあとで。美しい方」

マリアは、すれ違いざまに手をとられ、手袋の上から手の甲にくちづけされてしまった。

それを見たマクシミリアンが忌々《いまいま》しげに吐き捨てる。

「来なさい」

びっくりしたマリアは、マクシミリアンに引っ張られるように男から離れた。

しかし、しばらくの間、うなじのあたりに男の視線が絡みついているようで、振り返ることができなかった。

マクシミリアンはこちらに目を向ける人々にマリアに声をかける隙を与えない。さりげなく談笑する人々の合間を進んでゆく。

部屋の最奥に立っていたキルマイヤー夫人が、こちらに気づいたらしい。

彼女は喜色を露わに歩み寄ってくる。つやつやとした肌に、黒々とした髪を結いあげた姿は、とても六十歳を迎えたようには見えない。

「マックス！」

夫人は嫣然《えんぜん》と微笑み、マクシミリアンの軽い抱擁《ほうよう》を受ける。彼は硬い声で言った。

「ご無沙汰しています。お誕生日おめでとうございます。お招きいただいたのに父が伺えず、申し訳ありません」

マクシミリアンはにこりともしないが、尖ったような警戒は解いているようだ。

「ありがとう。よく来てくれたわ。こちらが……」

艶やかな声を向けられ、マリアはスカートをつまんで少し膝を落とす。

「マリアと申します。お誕生日おめでとうございます。本日は、お招きいただき、ありが

「はじめまして。ゲルダと呼んでね。お会いできてうれしいわ」

とうございます」

ゲルダ・キルマイヤーは完璧な貴婦人の微笑みを浮かべた。

「でも、ハインツには悪いけれど、マックス、あなたとすごくお似合いね。寄り添ってい
る姿が遠目に恋人同士のように見えたわ」

マクシミリアンは顔をしかめる。

「……ご冗談を」

苦虫をかみつぶしたような声で彼は言った。

「あら、冷たい」

ゲルダはマクシミリアンの反応を意にも介さない。

「お父様に先を越されるなんて、あなたには意中の貴婦人はいないの？　いつまでも浮い
た噂ひとつないから、あたくしもこんなつまらない冗談を言ってしまうんじゃないの」

マクシミリアンの表情からは、先程までの欠片ほどの和らぎが消え失せていた。

「まだ半人前ですから」

その言葉に、マリアは、あの晩のハインツとのやり取りを思い出していた。

『俺は妻帯するつもりはありません』

それが本心だというのなら、どうしてなのだろう。

彼はファーレンホルスト家の当主であるハインツの唯一の後継者なのに。

「おばあさま、ファーレンホルストさんにご挨拶させてください」

背後から、か細い声が聞こえた。

黄色のドレスを着た少しふっくらとした少女が立っている。マリアと同じくらいの年齢だろう。

「こちらにおいでなさい。孫娘ですの。今年、花嫁学校を卒業するのよ」

ゲルダが少女を側に呼び寄せ、その両肩に手を置いた。

少女はマクシミリアンを上目遣いに見つめ、少し膝をかがめる挨拶をした。

ゲルダがマリアに顔を向ける。

「マリア、よかったらこの子とマクシミリアンを一曲目に踊らせてくださらない？」

舞踏会では、女主人に紹介された人と踊るのが礼儀だ。

マリアはどうしてゲルダが自分に許可を求めるのかわからぬまま、あいまいに頷いた。

それをマクシミリアンはじっと見ている。

「ほら、お義母さまの許可が出たわよ。行ってらっしゃいな」

ゲルダは部屋の中央に若いふたりを押し出し、招待客に向かって堂々たる挨拶をする。

彼女の一声を合図に音楽が始まると、ゲルダ自身はダンスの輪には加わらず、マリアの隣りに戻ってきた。

「あたくし、もう年だからダンスは辛くって、若い人が踊っているのを見るのが楽しみになってしまったわ。あなたにはごめんなさいね、せっかくの一曲目をこんなおばあさんの隣で聞くことになってしまって」

「とんでもないことです。こんな席にお招きいただいたのは初めてなので、どんな様子か見ているだけでじゅうぶんです」

「ありがとう」

彼女は従僕からワインのグラスを受け取ると、マリアにすすめ、小さな音を立てて乾杯した。

「マックスはあの年頃のお嬢さんたちの憧れの的なの。貴族でこそないけれど、この国の中でも指折りの富豪の跡継ぎで、あんなふうに姿もいいでしょう。何より、真面目で少し冷たい感じがするのがいいらしいわね」

ゲルダは孫娘とマクシミリアンに温かい視線を注いでいる。

「孫娘は、花嫁学校を卒業したら遠くに嫁ぐことになっているの。今日はハインツには本当に悪いけれど、マックスが来てくれてよかったわ。あの子が結婚する前に、貴公子との思い出をあげられたもの」

親しげにハインツを呼ぶゲルダに、マリアは問いかける。

「ゲルダさまは、……その、……夫……と、随分懇意にしていただいていると」

おずおずと夫と口にするマリアに、ゲルダは小さく吹き出した。

「可愛い方ね。ハインツは亡くなった夫の取引相手だったのがきっかけで親しくするようになったのよ。夫を通してのお付き合い。マックスとは違って若い時からいろんな浮名《うきな》を流してきた人だけれど。……ごめんなさい、あたくしったら失言だわ」

と、ゲルダは少女のように扇で顔を隠してしまう。

マリアが思わず口元をほころばせると、彼女はにっこりと笑う。

「やっと笑ってくださった」

ゲルダはさっと扇をたたみ、マリアの顔を真っ直ぐ見つめてくる。

「ハインツが再婚相手を見つけたと聞いたとき、あたくし本当に驚きましたの。あの家は女主人がいない期間のほうが長かったくらいですから」

「ゲルダさまは、先の奥さまのこともご存じなのですね」

「不快に思うかもしれないけれど、よく知っているわ。彼女は隣の国の貴族の令嬢だった。ハインツが彼女と結婚したのは、彼女の実家と縁を結ぶことによってお商売に有利になるから。……本当のことを言ってしまうとね、ふたりを引き合わせたのはあたくしなの」

ゲルダの目は、遠い場所を見つめている。

「彼女は黒髪と水晶のような目が今のマックスに生き写しでした。マックスが十になる前に、実家に帰ってしまったけれど」

マリアは俯いた。

ハインツとマクシミリアンを置いて、彼女は異国に去ったのだ。いくら嫁ぎ先が貴族でなくて、夫とも不仲だったとしても、息子まで置いて実家へ帰ってしまうなんて、よほどのことがあったのだろうか。

「そのあと数年で彼女は亡くなったわ。本人の希望で、なきがらはあちらに埋葬《まいそう》され、ふたりのもとに帰ることはなかった。幾《いく》つかの遺品だけが送り返されてきたと聞いたわ」

ゲルダはそこまで言うと、口を閉ざした。

若い頃のハインツは、小さな息子を抱えて、どれほど寂しかったことだろう。

幼いマクシミリアンは、どれほど母親が恋しかったことだろう。

広間の中央では、マクシミリアンが可憐な少女とダンスを踊っている。相変わらず表情は硬いままだが、腕の中の少女を見下ろす目は少しだけ優しい。

マリアも、一度だけ、あの目に見つめられたことがある。

まだ、マリアが誰の妻になるのか知らなかった頃。

マクシミリアンも、父の後妻がどんな女なのか知らなかった頃。

彼は、夜の風にさらわれたマリアの白い帽子を拾ってくれた。二度と会うことはないと思い、その冴え冴《さざ》えと立派な姿に胸のざわめきを覚えた。そんな人と再びまみえ、ひとつ屋根の下で暮らすことになったのは、あまりに思いがけないことだった。

マリアは、ハインツの妻として彼に相応しくいたいと思っている。

ハインツは、自分のような孤児を、出自を厭《いと》いもせずに受け入れ、伴侶に選んでくれた。着飾らせて珍しい見た目を楽しむだけでなく、貴婦人として恥ずかしくないよう教育を施してくれ、毎夜、息もつけないほど情熱的に愛してくれる。そんな彼に報いるにはどうすればいいのか、マリアにはまだわからないけれど、彼の信頼や期待を裏切ることだけはしたくないと思う。

マクシミリアンの存在は、その思いをかき乱す。

彼に嫌われていることはわかっている。マクシミリアンに接していると、自分があの家に、ハインツに相応しくないと言われているようで胸が塞がりそうになる。

今、マクシミリアンと踊っている少女の、愛されて育ち、花のような笑顔をふりまくその無垢さ。絹の手袋に包まれている手は、きっと白く柔らかく、ひびやあかぎれなどひとつもないのだろう。

マリアは自分の手を握った。

「ねえ、マリア」

マリアの横顔に、ゲルダが声をかけてきた。

「不思議ね、こちら側から見たあなたと、反対側から見たあなた、まるで別人のように見えるわ」

マリアはどういうことだろうと小さく首を傾げた。

「目の色と、その耳飾りのせいね。とてもよく似合うわ。頑張って揃いの石を探した甲斐があったというものよ」

「これは、ゲルダさまが見立ててくださったのですか？」

「ハインツに頼まれてね。あたくし、趣味で宝石などの売買の仲立ちをしているの。依頼人に似合う石を探すのは根気がいるけれど楽しいものよ。美しい石に釣り合う美しい人を探すのもね」

　マリアは感嘆のため息をこぼす。

「頼まれたときはまだあなたの目のことを知らなかったから、あのハインツがこれをどんな人に贈るのか興味津津だったわ。ハインツには、お目当ての石を手配してあげるかわりに、一番にあなたに会わせてちょうだいとお願いしていたのよ」

　マリアは自分の耳朶に触れる。

　戸惑いながら言葉を探すが、何と言ったらいいのかわからない。

　そんなマリアを微笑んで見つめるゲルダに、後ろから侍従が一言二言耳打ちをする。ゲルダはちょっと困ったように肩をすくめると、マリアに向き直る。

「ごめんなさい、少し気を遣うお客様が見えたみたい。今度はお昼にゆっくりお茶にでもお招きしたいわ。今日はほんとうにありがとう。楽しんでいってちょうだいね。ぜひ、また」

　ゲルダは白い手を小さく振って、侍従を伴い広間の入り口のほうへ歩いて行った。その後ろ姿も気品に溢れており、マリアはずっと目を吸い寄せられたままだった。

　ゲルダを見送ったマリアは、行き来する人の邪魔にならないよう、壁際に身を寄せた。

　マクシミリアンのダンスの相手は、ゲルダの孫娘から違う女性に代わっていた。隙のないリードを受ける女性は、その腕の中でうっとりとしているように見える。

「失礼ですが、ファーレンホルスト夫人でいらっしゃいますね？」

すぐ隣から透き通るような声をかけられ、マリアははっとしてそちらを見た。

水色のドレスを着た小柄で可憐な女性が、小鹿のように美しい目でマリアの顔を見つめていた。

マリアは彼女に見覚えがあった。ひと月前の聖誕祭の日、ヴェロニカとともに屋敷に来ていた女性、ハインツの姪のアウロラだった。

「呼び止めてしまって申し訳ありません。わたくし、アウロラ・ゴルテルと申します。ヴェロニカ・ゴルテルの娘です。先日の母の非礼をお詫びしたくて……」

銀髪と緑の目は母方ゆずりなのか、ハインツと全く同じ色合いをしている。彼の娘と言われたら信じてしまうだろう。

「大変申し訳ありませんでした。母が、初対面の方に、それもおじさまの奥方になられた方に、本当に失礼なことばかり言って……」

彼女はかわいそうなくらいに目を潤ませている。

マリアは思わず言った。

「いいんです、わたしは……」

いいえ、とアウロラは遮った。

「おじさまが母をお許しにならないのは当然のこととしても、母の言葉で傷ついたマリアさまにお詫びのひとつも申し上げられないでいることが、わたくし我慢できませんでしたの。だって、おじさまの奥方で、マックスのお母君になられた方なんですもの」

その言葉に、マリアは小さな胸騒ぎを覚える。

「わたくし、小さな頃からおじさまに可愛がっていただいて、マックスにも兄妹のように仲良くしてもらいました。おこがましいけれど、ふたりを家族のように思っていますの。だから、マリアさまとも仲良くしたいんです。……お嫌だったら、ごめんなさい」

さっきの栗毛の男性が言っていた、マクシミリアンがいつも伴う従妹というのは彼女のことなのだろう。

アウロラは、マリアが恐縮するほど縮こまり、心底申し訳なさそうに肩を落としている。かえってマリアは申し訳なくなってしまい、思わず両手で彼女の震える肩を包んだ。

「お母さまのことは、わたしは本当に気にしていませんから」

アウロラはびくっと体を揺らした。マリアは続けた。

「旦那さまと、マクシミリアンさまが大事に思っている方と、わたしも仲良くしたいです。またお会いできて、嬉しいです」

マリアがそう言うと、アウロラは顔を上げて抱きついてきた。

「――ありがとう！」

ほっそりとした腕が首に巻き付くと、ふんわりと甘い花の香りがする。

ゲルダとその孫娘といい、アウロラといい、本当に育ちのよい女性というのは、こんなにも屈託《くったく》なく振る舞い、自然に人と仲良くなり、無邪気に笑うものなのだなと思う。

「アウロラさんは、今日は、お母さまと一緒ではないのですよね？」

体を離したアウロラに、マリアは尋ねる。

「はい。ここだけの話なのですけど、おじさまは、母がご自分と同じ場には呼ばれないようあらゆる所に手を回されていますの」

マリアは驚いてしまう。

確かにハインツはマリアとヴェロニカを二度と会わせないと言っていたが、他人の付き合いを指図するような方法を使うとは夢にも思わなかったのだ。

「……ご兄妹なのに」

「兄妹なのに、おじさまの奥さまを侮辱したのは母ですわ。おじさまは身内にとても寛容ですが、その分失態には容赦しないのです」

「ええ、そう……そうですね」

マリアは唇をかみしめた。ハインツの厳しさを、マリアは嫁いできた翌日に思い知らされていた。

「マリアさまが気に病まれることはありませんわ。わが母ながら、当然の報いです。わたくしは、さっきマックスと踊っていた、ゲルダさまの孫娘と花嫁学校の同級生なんです。それで、今日もご招待いただいていたんです」

「おふたりは、同い年なのですか？」

尋ねるマリアに、アウロラは優雅に頷いて見せる。

「はい。十七です」

ゲルダの孫娘、アウロラ、そしてマリアは、同じ年齢なのだ。マリアは少し驚いていた。

「あの子は、秋には親の決めた許婚《いいなずけ》と結婚しなくてはいけないんです。その前に一度だけでもマックスと踊りたいって、ずっと話していたんですよ。今日は、夢がかなって本当によかった」

マリアも頷く。

マクシミリアンのダンスの相手はまた変わっていた。彼は休む間もなく踊り続けているというのに、疲れた様子も見られない。

マリアは、アウロラもまた、夢見るような目で彼の姿を追っているのに気がついた。

「わたくしも、小さい頃はマックスに憧れていて、仲良くできるのがとても嬉しかった。お嫁さんになりたいとまで思っていたんです。でも、おばさまが故郷で亡くなってからは、マックスは人目を避けるようになって、そのまま寄宿舎のある学校へ入ってしまいましたの。そこでも辛い思いをしたようだけれど、わたくしはまだ子どもだったから、何もしてあげられなかった……」

アウロラは胸を詰まらせたように言葉を切る。

「辛い思いを……？」

マリアは思わず尋ねてしまう。アウロラは痛ましげに目を細めた。

「おじさまもお話しされていないことを、わたくしが打ち明けてしまうのも気が引けるのですが……、これからお話しすること、内緒にしておいていただけますか？」

マリアは唇を引き結ぶ。

「……おばさまは、ご自分で命を絶たれたのです。既にファーレンホルスト家は有名でしたから、噂はあっという間に広まって、知らない人はいないほどだったといいます。おじさまの手前、表立って口さがなく言う人はあまりいなかったようですが……」

マリアは言葉を失ってしまう。胸の下がぎゅうっと締めつけられ、手先がしびれる。

自殺は、教会の禁じる大罪のうちのひとつだ。

教区によっては葬儀を挙げてくれない教会もあるし、残された家族は間違いなく周囲から白眼視《はくがんし》される。それゆえに病気や事故と表向きを取り繕うのに、どこからか真実が漏れてしまうのだ。

「噂話を気になさってか、おじさまは長年再婚なさらなかったし、マックスもあの年齢まで縁談をすべて断ってきたのです。そんなことがあったので、おじさまが奥さまをお迎えになったことが、わたくしとても嬉しくて。それは確かに、マリアさまがあまりにもお若いことにびっくりしましたけど……。母があんなことを言ってしまって、重ねてお詫びします」

「もう、謝らないでください」

マリアが言うと、アウロラは涙の滲む目元をそっとハンカチでぬぐった。

「ほんとうにお優しいのですね。おじさまもマックスも幸せ者だわ。至らないわたくしですけれど、どうぞ、家族として仲良くしてくださいませ。今度ぜひ、ゆっくりお茶をご一緒したいわ」

「はい。アウロラさんのお父さまは、お茶を扱う会社を経営なさっていると聞きました」

ハインツの話を思い出してそう言ったマリアに、アウロラは目を輝かせて答える。

「そうですの！　ぜひ、うちの紅茶を召し上がっていただきたいわ。父も喜びます」

同い年のふたりがそっと手を握り合っているところへ、後ろから声がかかる。

「お美しい御婦人がた、仲間に入れてくれませんか？」

聞き覚えのある声の持ち主は、先程マクシミリアンに絡んでいた若い男だった。いつから様子をうかがっていたのだろう。

男は強引にふたりの間に割って入ると、アウロラににこりと笑いかける。

「やあ、ゴルテル嬢。お父上のお仕事の調子はいかがかな。ところで、こちらの貴婦人をお借りするよ」

「失礼ですわ！　マリアさまは今、わたくしと――」

毛を逆立てる仔猫のようにアウロラが目を吊《つ》り上げた。

彼女の抗議を遮《さえぎ》って、男はさっとマリアの腕を攫《さら》う。

「さっきから見ていれば、一曲も踊っていないようだからね。じゃあ」

「あっ」

マリアは小さく叫んだ。

コルセットで締めつけられ、立ちっ放しが身に堪《こた》えはじめていたマリアは、ぶしつけな手を払うことも踏みとどまることもできず、踊り続ける人々の輪の中へ連れ込まれてしまう。

音楽はゆったりと続いている。授業で聞いたことのある流行りの曲だけれど、とても踊ろうという気になどなれない。

「失礼をお詫びしますよ」

男はマリアの手を握り、反対の腕を腰に回してくる。

「少し強引だったかもしれませんが、こうして一番にあなたと踊ることができて光栄です」

馴れ馴れしい仕草に嫌悪感を覚え、マリアは思わず眉をひそめた。

「そんな顔をしないでくださいよ。これでもさっきから待っていたのですから」

男は腕の中にすっぽりとマリアを閉じ込めたまま苦笑する。

「何せ、ダンスというのは、内緒の話をする絶好の機会ですからね」

マリアは目を上げて男の顔を見た。整った顔立ちは、マクシミリアンとは違って明るい印象を相手に与えるが、にやつく軽薄な口元が台無しにしている。

「ファーレンホルスト氏は、どこでこんな美しい人を見出したのでしょうね？　ご出身はどちらです。ひょっとして外国のお生まれですか？」

そのしらじらしい質問に、マリアは合点《がてん》がいった。この男は、自分からハインツやファーレンホルスト家の弱みを探りたいのだ。そういえばさっきもマクシミリアンからハインツの事業のことを聞き出そうとしていた。それで、物馴れしないマリアに接触することにしたのか。

外国出身かというのはハインツの先妻の境遇への当てこすりなのだろうから、彼女が故郷で自殺したことも知っているはずだ。

マリアは顎を引いて男をきっと睨みつけた。

「その目で睨まれるとぞくぞくしますね」

きつく締めあげられた身がままならないばかりか、ゲルダから聞いたこと、アウロラから聞いたことで、頭も胸もいっぱいになってしまっている。

早くこの男から離れたい。マクシミリアンの側に行きたい。

なのに、腰を撫でまわす手がそれを許さない。

マリアは首を動かして目でマクシミリアンを探した。けれど、男の体に隠されて前がよく見えない。

「なんて細い腰だ」

ため息とともにぴったりと身を寄せられ、マリアはぎゅっと目をつぶった。

男は吐息がかかるほど顔を近づけてくる。

（ああ、苦しい――）

そう思ったのが最後だった。目を開いても視界は真っ白で、何も見えない。全身に力が入らず膝が崩れてしまう。

マリアは男の腕の中で気を失ったのだった。

マリアは、がたがたと揺れる場所にいた。長椅子のようなところに掛けながら、上半身は寝かされている。何か、温くて硬いものに頭を乗せている。

「う……」

薄く目を開けると、暗闇の中だった。

温い枕が身じろぎした。マリアの頭は、誰かの膝の上に乗せられていたのだ。

「気がつきましたか」

低い声が降ってくる。その声にマリアは安堵する。聞き覚えのある声だった。

見上げると、声の主の白い顔が見下ろしてくる。

「今、馬車の中です。あなたはあの男と踊っている最中に倒れたんです」

マリアは力なく頷いた。

マクシミリアンは苦々しげに言った。

「俺が気がついていれば、あんな男とは踊らせなかった。すみません」

「マクシミリアンさまが謝ることじゃ……」

「いえ。俺の責任です」

彼は短く言い切ってしまう。

マリアは、今日は何だかたくさんの人に謝られる日だなと思う。

彼が気に入らないらしい男と踊ったのも、初めて招待された華やかな場で失神するという醜態《しゅうたい》を晒したのも悔しいが、男の詮索《せんさく》にいらぬことを答えずに済んだことはよかったと思う。

「倒れた原因はコルセットでしょう。締め方が普通ではないとアウロラも驚いていました」

そういえば、コルセットの締めつけがなくなってしまっている。腰に手を伸ばそうとして、外套を着せかけられている下でドレスの背が開けられていることに気づく。

おそらく、倒れた自分を、マクシミリアンとアウロラがふたりがかりで手当てしてくれたのだろう。せっかくの楽しい席なのに、ふたりにも、ゲルダにも、申し訳ないことをしてしまったと思う。

「締め紐を切りました。なぜあんな締め方をしていたんです」

叱られているような気持ちになるが、ぼんやりした意識の下で、弁解する。

「わたしが、旦那さまにお願いしているんです」

マクシミリアンは少し驚いたようだった。

「父が締めているんですか？」

「そうです。貴婦人のたしなみだからといって……」

彼が何事か呟いたが、馬車の揺れる音にまぎれて聞こえなかった。

「着いたら起こしますから、休んでいなさい」

耳の下、トラウザーズの布地越しに、マクシミリアンの腿の硬さを感じる。

昨日までは彼にすれ違うことすら避けられていたのに、今、膝枕をしてもらっているなんて少し可笑しかった。

馬車の中は暗すぎて、彼がどんな顔をしているかはよくわからない。

マリアは素直に頷いて、再び目を閉じた。


次に目を覚ましたとき、マリアは夫婦の寝室の寝台のうえにいた。

傍らの椅子に掛けたハインツが、顔を覗きこんでくる。

「マリア」

優しい呼びかけに、マリアは頷く。ハインツの後ろにはハンナが控えている。

「旦那さま。わたし……」

起き上がろうとして、とどめられる。

「寝ていなさい。すまなかったね。私が一緒に行ってやれていれば、こんなことにならずにすんだものを」

「いいえ、旦那さまのせいでも、マクシミリアンさまのせいでもありません。ゲルダさまにお詫びしなくちゃ。アウロラさんと、マクシミリアンさまには、助けていただいて……」

「夫人には私が手紙を書くよ。マックスが、馬車からおまえを抱いてここまで連れてきたんだよ」

マリアは頬に手を当てる。まだそこに、彼の膝枕の感触が残っているかのようだった。

「お礼を言わなくちゃ……」

「マックスが、コルセットの紐を切ったのかね」

ハインツの目元が髪に隠れて影になり、その表情はうかがい知れない。

だから、マリアは、彼の問いに何の疑いもなく答えてしまった。

「はい。ドレスをくつろげて、わたしが楽になるようにしてくださって……」

「そう」

その返答が冷たいほど素っ気なかったので、マリアは口を噤んでしまう。

ハインツは結婚式の翌日、マリアに、身体の線を人前に晒すなどもってのほかだと言い含めた。今日、自分はその約束を破って、マクシミリアンにコルセットを触らせてしまった。

マリアは胸の底がひんやりするのを感じ、目を伏せた。

すると、ハインツがなだめるようにマリアの髪を撫で、額に軽くくちづけてくれる。

「もう休もう」

その言葉を受けて、ハンナが静かに部屋から下がっていった。

ハインツはオイルランプを消すと、ガウンを脱いで、マリアの隣に身を横たえた。

その晩は、嫁いできてから初めて、彼に抱かれなかった。

か細い体の重みが、まだ腕の中に残っている。

自室に帰りついたマクシミリアンは、夜会のための略装を脱ぎ捨て、暖炉の前でブランデーを呷《あお》っていた。家で酒を飲むのは珍しいことだった。

今から数か月前、父から再婚話を聞かされたばかりの頃。

彼は、義母《はは》になるという女を、父の孤独につけ入った財産目当ての娼婦崩れだとばかり思っていた。それでも、かつて不幸な結婚をした父が、今度こそ望む女と暮らしたいのなら、と賛成した。父は聖誕祭の前後に女を家に迎え入れると言っていたから、マクシミリアンは顔を合わせたくはなくて、その時期に無理やり仕事を作って屋敷を離れることにした。

家を発った日の夕方、運河船の着く町で、ひとりの可憐な少女と出会った。一度でも目にすれば忘れられない、希有《けう》な色違いの瞳を持っていた。白い帽子を拾ってやると、人形のように整った顔があどけない笑みを浮かべた。

顔も知らない相手と結婚すると言って、頼りなげに目を伏せていた。

もっと言葉を交わしたいと、そう思ったけれど、かしこげな顔で船に乗るよう勧められて、彼女を置いていってしまった。二度と会うことはないと思いながら、船が岸を離れても、ずっとその小さな影を見つめていた。ほっそりとした姿は白い花のように見えた。

思えば、出会ったのは必然だった。

父の妻になるために屋敷に向かう途中の女と、屋敷を出たばかりの自分が、交通の要所で行き違っただけだったのだから。

ひと月後、マクシミリアンは思いがけず彼女と再会することになった。

二頭の黒い犬と雪の庭を転げて遊ぶ少女は、頬を上気させ、きらきらと瞳を輝かせて、見とれるほどに美しかった。質素な服は毛皮のコートに、みつあみは淑女らしい結い上げ髪に、そして無垢だった瞳は艶《つや》と憂《うれ》いを浮かべるようなっていたが、間違いなく、あのとき出会った少女だった。

ほんの一瞬だけ触れ合い、可愛らしいとまで思った少女が、ファーレンホルスト家の財産目当てなのかもしれないという疑念は、彼を不愉快にした。彼女は孤児だ。軍隊を二つ三つ購《あがな》えるほどの財力がもたらす豊かな生活に憧れないはずがない。二十歳以上も年若い娘を金と引き換えに娶《めと》った父への嫌悪も皆無ではなかった。なぜなら、父の最初の妻は、金のためだけに父と結婚し、マクシミリアンを産んだ女だったからだ。

しかし、それだけが、父の書斎で声を荒げ、退席した理由だっただろうか。疲れていたとはいえやりすぎではなかったか。彼はそう思い直して廊下を引き返し、父と話すためにもう一度書斎の扉の前に立った。

中から聞こえたのは、微かな、けれど艶《なま》めかしい女の嬌声《きょうせい》。甘い悲鳴のような声が追いつめられるように鋭く尖り、やがて消えた。

父がマリアを抱いていたのだ。

そう思ったとき、背筋をぞくりとしたものが這うと同時に、首元がかっと熱くなったのを覚えている。童貞でもあるまいし、一瞬女の声を聞いただけで欲情するなどどうかしていた。何より、夫が妻を抱くのは当然のことだ。

一刻も早くあの部屋から、彼女から遠ざからねばならないと思った。そして二度と近づいてはいけないとも。

翌日から、夜は日付が変わる時刻まで、社の事務所に残るか、人と会って酒を飲んだ。今までも父はマクシミリアンにひどく無関心で、一日に一度朝食で顔を合わすか合わさないかくらいだったが、彼の方から徹底的に父とその妻を避けた。

なのに、一週間もしないうちにマリアを伴ってキルマイヤー邸に行かねばならなくなったのは、皮肉な偶然というほかない。父は避けられない商談の相手――軍部の要人だ――の訪問に見舞われ、かといって知己《ちき》のゲルダとの約束も破りかね、苦肉の策としてマクシミリアンを代役に立てたのだ。

珊瑚色のドレスに身を包んだ彼女は、一見、何の瑕疵《かし》もない、それどころか、夜会の出席者の目を独り占めするほどの貴婦人だった。腰は両手を回せば摑めそうなくらい細かったし、白い肌を引き立てる薄化粧もよく似合っていた。

しかし、その耳朶に飾られた瞳の色に合わせた耳飾りを、マクシミリアンは悪趣味だと思った。父の好みで、おそらくは宝石好きのゲルダが見立てたのだろう。彼女の色違いの瞳は、ことさら目立たせて見せびらかすものではない。側でそっと見つめるだけで心が満たされ、独り占めしたいという感情をかきたてるものなのに。

マリアは、初めての公の場に萎縮《いしゅく》し、怯える小鳥の雛《ひな》のようだった。

マクシミリアンは彼女がわからなくなっていた。

船の着く町で出会ったかしこげな笑みの少女。父を誑かして屋敷に入り込んだ年若い義母。再会した夜、扉の向こうですすり泣いていた艶めかしい声の持ち主。そして、豪奢に着飾りながらも、頼りなげにマクシミリアンの腕に身を任せる美しい女。

ひとりの女のはずなのに、すべて違った顔に見える。

無垢で澄んだ水色の目と、深い光を宿す妖艶《ようえん》な緑色の目が、そうするのだ。

それをふまえて耳飾りを贈ったのなら、父は自分の趣味に相当な自信をもっていたのだろう。

苛立たしい思いでマリアをエスコートし、ゲルダに会わせるまでで、マクシミリアンのその晩の勤めは終わりのはずだった。学生時代のいやみな知人と会って事業のことを探られたのは不愉快だったし、マリアがうかうかとその男に手への接吻《せっぷん》を許したので何倍も胸がむかついた。ゲルダに孫娘と踊るよう促され、マリアがあいまいに許可を出すものだからますます腹が立った。ひとりと踊れば次々と女性から目線を向けられ、彼が断るに断れず踊り続けているうちに、ゲルダがマリアのもとを離れ、代わりに従妹のアウロラが近づいたので少し安堵した。

流れる曲が流行りのものに変わったあたりで、マリアを見失った。そして、相手に体をぴったりと寄せるダンスを、マリアはいつの間にかあの栗毛の男と踊っていた。折れそうな腰を抱き寄せられ、嫌がりもせずに他の男の腕に抱かれている。

頭に血が上った。

その瞬間、男の腕の中でマリアが倒れた。

マクシミリアンはダンスの相手に形ばかりの断りを入れ、素早く彼女に駆け寄り、男から彼女を奪って抱き留めた。

踊っていた人々が驚いて足を止め、彼と床にくずおれた彼女の周りに人だかりをつくる。音楽が止まったのは一瞬で、ゲルダの声掛けにより、夜会は何事もなかったかのように再開された。

「客室にご案内して」

ゲルダは速やかに侍従に命じた。

「マックス、わたくしも手伝います」

いつの間にか側にいたアウロラも手当てを手伝うと申し出てくれた。

用意された客室の長椅子に寝かされたマリアは、ぐったりと目を閉じていた。青ざめた顔が少しやつれて見え、痛々しかった。

衣服を緩めるために身体に手を回し、背中を自分に向けさせた。うなじの白さにどきりとしながら、ドレスの背中の釦《ボタン》を外していく。

露わになったコルセットを見て、彼も背後のアウロラも息を呑んだ。硬い素材のコルセットはえぐれたようなくびれの形にマリアの身体を歪めていたばかりか、その紐は尋常ではなく複雑な締め方をされていた。おそらく解くのも時間がかかるだろうし、見様見真似では同じ締め方は決してできまい。彼女は、自分がこんな扱いをされていることに気づいているのだろうか。

マクシミリアンはアウロラに鋏《はさみ》を借りてくるよう頼み、苦しげに浅い呼吸を繰り返すマリアの額の汗を指先で拭ってやった。戻ってきたアウロラから鋏を受け取り、彼は締め紐を断ち切っていった。コルセットが緩み、マリアの表情がいくらか楽そうになったので、マクシミリアンは安堵した。

「ゲルダさまは、マリアさまにこのまま休んでいただいて、泊まっていってもかまわないと言ってくださっているけれど……」

心配げなアウロラは、泊まるなら一緒に、とも付け加える。

マクシミリアンは首を振る。

「このまま連れて帰る」

「まあ……」

アウロラは少し驚いたようだが、黙って頷いた。

「では、ゲルダさまにはふたりが帰ることを伝えておくわ。お大事にね……」

彼は名残惜しげなアウロラをキルマイヤー邸に残し、マリアを横抱きに抱えて馬車まで運んだ。驚く御者に馬車の扉を開けさせてマリアを中に入れ、自分も乗り込む。彼女を座席に座らせ、上体を自分の膝の上に寝かせて外套を掛け、屋敷に着くまでそのままにしていた。

予定より早く戻ったふたりを出迎えたアモンは、眠ったままマクシミリアンに抱かれているマリアを目にして珍しく驚きを見せていた。

マクシミリアンはそのままマリアを彼女の自室に連れて行き、長椅子にその身を横たえた。夫妻の寝室には入りたくなかった。

すぐに父がやってきたので、マクシミリアンは入れ違いに無言で部屋を出た。

父は何か言いたげにしていたし、マクシミリアン自身も問いたいことはたくさんあったが、互いに気づかぬふりをした。

3

翌日は安息日だった。

陽《ひ》が落ちかけた頃、マリアは、犬舎の前で、二頭の犬を連れて散歩に行こうとするマクシミリアンに声をかけた。マクシミリアンが休みの日の夕方に犬たちの散歩をしていると聞いたのだ。

「マクシミリアンさま」

振り返った彼は、ちょっと驚いたように目を瞠った。

防寒着にブーツといういでたちが新鮮で、とてもよく彼に似合っていた。

「もう、加減はいいんですか」

尋ねるマクシミリアンに、マリアは小さく頷く。

「はい。おかげさまで」

二頭の黒い犬は、マリアの姿を見るなり、目をきらきらさせて尻尾《しっぽ》を振りはじめた。しかし、マクシミリアンの許しがない限りは腰を上げない。

「昨日は、ありがとうございました」

マリアが言う。

「馬車から部屋まで運んでいただいたと聞きました」

「ええ。……いや、当然のことです」

マクシミリアンは目を伏せた。

二頭の尻尾が、パタンパタンと大きく地面を叩いている。立ち上がってマリアの側に来たくて、マクシミリアンの許可を待っているのだ。

「あの……、犬たちに触ってもいいですか？」

尋ねるマリアに、マクシミリアンは微かに頷いた。

マリアはマクシミリアンに近づいた。しゃがみ込んで、両手を伸ばし、二頭の大きな頭を撫でる。

もっとというように、黒くなめらかな額がマリアのてのひらに押し付けられる。賢い二頭の犬は、一週間ぶりだというのに、ちゃんとマリアのことを覚えているらしい。

マリアは二頭の無邪気に輝く目を見つめ、笑った。

マクシミリアンは黙ってそれを許してくれている。

「……犬が好きですか」

ぽつりと彼が問うた。

マリアはマクシミリアンを見上げ、迷わず答えた。

「はい」

好きといっても、接したことがあるのはこの二頭だけだけれど、とても可愛いと思う。

マクシミリアンが引き綱を引くと、犬たちが立ち上がり、彼の両脇に控える。

「散歩に来ますか」

マリアはぱっと顔を輝かせた。

「一時間ほど歩きますが」

言い足すマクシミリアンに、マリアは思わず尋ね返す。

「ご一緒していいのですか？」

「彼らもあなたを好きなようですから。家族と世話係以外には触らせもしない、気難しい犬たちなんですが」

早口にそう言うと、マクシミリアンは歩きはじめた。

そうは見えないけれど、と思いながら、マリアも慌てて彼に従う。

ふたりと二頭が散歩を終える頃には、あたりはすっかり暗くなっていた。

マクシミリアンは、自分がいない平日の夕方も、マリアが犬の散歩に付き添うことを改めて許してくれた。そして、週末の夕方には、また一緒にこうして歩くことを約束した。

マリアがハインツにそのことを報告すると、彼は「おまえたちが仲良くしてくれるのは嬉しいよ」と微笑んでくれた。

翌週も、その次の週も、雨の降る日以外は欠かさず、マリアは夕方の犬たちの散歩に出かけた。週末はマクシミリアンとともに歩いた。

安息日の散歩は、マリアが教会から帰って来た後に行くことにしていた。

マリアは、帰宅するなり外出着から動きやすい服装に着替える。外套を羽織り、小走りで部屋を出て外に向かう。

マクシミリアンが犬舎で待っているからだ。

息を切らせて現れたマリアを迎えると、マクシミリアンは無言で二頭の首輪に引き綱を付け、犬舎を出る。マリアはそれに黙ってついて行く。

あの夜会の日以降、毎日ではないが、彼はハインツとマリアと夕食をともにするようになっていた。ハインツとマクシミリアンの話題といったら仕事のことばかりで相変わらず話は弾まないが、父子が言葉を交わす様子を見るのはマリアにとってとても嬉しいことだった。

春の初めの夕日が沈みかけていた。少しずつ芽吹きはじめた木立の中を並んで歩きながら、マリアはふと、マクシミリアンに尋ねた。

「マクシミリアンさまは、教会の礼拝には行かないのですか？」

彼は歩みを止めないまま、ええ、と短く答えた。

「寄宿学校時代には週に一度行っていましたが、卒業してからは、数年の間で数えるほどです」

「どうして？」

マリアは教会の運営する孤児院で育ったので、毎週どころかほとんど毎日のようにミサに参加していた。修道女になることを考えはじめた後はより熱心に通うようになった。

「人の目がなくなったからです。学生のときは行かなければ爪弾《つまはじ》き者でしたが、今は誰も俺が教会に通っているかどうかなどかまいませんから」

「教会がお嫌いなのですか？」

マリアは自分が随分踏みこんだことを尋ねたと思った。けれど、口にしてしまったことは取り消せない。

「嫌いではなく、信じていません」

彼の声は、頬をなぶる風のように冷たい。

「祈っても救われたことがない」

彼は遠くを見つめながら吐き捨てた。

マリアは思わず足を止めてしまう。

「教会の側で育った人には、信じられないことでしょうが」

彼の言葉を、マリアは肯定も否定もしなかった。

マクシミリアンは、どんなことを神に祈り、救いを求めたのか。

その虚《むな》しさをいつ悟り、諦めを知ったのか。

寄宿学校に入る前、おそらくは、彼の母が自ら命を絶ったときなのではないだろうか。

マリアは彼の水色の目を見つめた。初めて見た時は氷のような瞳だと思ったけれど、今は違う。悲しみがこんこんと湧き出る、澄みきった泉のようだ。

マクシミリアンは、一度、ゆっくりと瞬《まばた》きをした。

マリアはその様から目を離せなかった。

「父の先妻——俺の母が自殺だったという話は、より聞き捨てならないでしょうね。誰かの口から聞く前に、耳に入れておきますが」

彼は、唇を引き結んだマリアが、既にその秘密を承知していることに気づいたらしい。

「父からは言わないでしょうから、ハンナかキルマイヤー夫人ですか。まあ、誰でもかまいませんが」

彼は苦笑しながら、ひそめていた眉を少し和らげる。

「そういうわけで、この家は呪われているそうですよ。敬虔な聖教徒だった母が自ら命を絶つほどに」

マリアはそんな迷信は信じない。マリアの目が悪魔に取り換えられたというのと同じくらい信憑性の低い話だ。

「貴族の血を引く母が、異国の卑《いや》しい商売人に身売りさせられ、子どもを産まされたためというのが本当のところです。母は父の事業を心の底から軽蔑していましたし、その父に実家の借金を帳消しにしてもらい、商売が産む金で養われていることも屈辱と考えていました。俺は今、母と同じ目の色ですが、子どもの頃は淡い緑色だったらしく、父の雛形のように見えたそうです。母は自分からそんな子どもが生まれたことに最も耐えかねたのでしょう。家族を捨てて故国に帰り、心を病んで、実家の屋上から身を投げて死んだ」

今の彼が、亡き母に生き写しの目の色をしているというのは、神のいたずらだろうか。父に似た容貌《ようぼう》のため母に疎《うと》まれた自分を、誰より厭わしく思っていたのはマクシミリアンだったろう。そうして、妻帯するまいと心に決めたのだろう。母のことを淡々と語りながら、その声には切々としたものがある。

マリアにはマクシミリアンの気持ちが痛いほどわかった。

それは、マリアと同じ願いだったからだ。

物ごころついたときから、マリアは毎晩、明日はきっと家族が自分を取り戻しに来てくれると淡い期待を抱いて眠りについていた。しかし、最後まで待ち焦がれた訪れはなかった。それならばせめて、目が覚めたら自分の目が普通の色になっていますようにと祈ったが、叶えられなかった。

もともと、どういう親のもとに生まれ落ちたのかさえ定かではないのだ。確かなのは、まともな事情の人たちではなかっただろうということ。そして、未来永劫要らないと思って赤子のマリアを捨てたということだけだ。

貧しい家の口減らしのためだったかもしれないし、不貞《ふてい》の結実《けつじつ》だったからなのかもしれない。娼婦が客との間に孕んで産んでしまった子だったのかもしれない。あるいは、悪魔の取り換えた目が忌《い》まれたのかもしれない。

「……お母さまに、迎えに来てほしかったのですね」

神の御許《みもと》とも呼ばれる場所で暮らしながら、マリアにとって救いはひどく遠いものだった。

望まれずに生まれてきたことが罪だから、愛してほしかった人たちに捨てられてしまったのはその報いだったのだろう。どんなに祈ってもお願いが叶えられないのは罰なのだと思わなければ、他に諦めるすべを見つけられなかった。

マクシミリアンの横顔が、ひどく痛ましい陰影をおびる。

彼の薄い色の目が、夕日を映して赤く光るのに、マリアは見とれた。

「……すみません。あなたの前でこんな話をするなど軽率でした」

ハインツの亡き妻の話だからということに加え、二親の顔も知らないマリアのことを気遣ってくれたのだろう。

マリアは静かに告げる。

「いいえ。いいんです。だって……」

マクシミリアンの母は、彼を顧《かえり》みることなく、死を選んだ。

マリアのもとには、最後まで家族は現れなかった。

「わたしも、同じだったから」

自分の境遇について、人に思いを打ち明けるのは初めてだった。

マクシミリアンの母は、この目を疎んで絶望したのだという。彼は生まれることを母親に望まれず、愛されなかったから、人を愛することもやめたのだ。

マクシミリアンが傷ついたことは、彼の母と、その夫だったハインツに起因している。でも、その一方で、ハインツはマリアの同じ苦しみを引き受けてくれた。慰め、癒し、許してくれた。

マクシミリアンは伏していた目を衝かれたように上げた。

ふたりは微動だにせず見つめあう。

どうして、互いが互いと知らぬうちに出会ってしまったのだろう。

あのときにもう、マリアはこの瞳に魅入られていたというのに。

この人は、自分が触れていい人ではない。

決して近づいてはいけない人、好きになってはいけない人だ。

彼から目を逸らし、マリアは犬たちを見下ろす。

二頭は、立ち止まるふたりをせかすでもなく、ただ待っている。その素直な黒い一対の瞳に救われる。きっとそれは、マクシミリアンも同じなのだろう。

その日、マリアに、夫には言えない秘密が生まれた。

マリアは、自分のよこしまな思いが誰かに気づかれはしないか怯えながら暮らした。毎日、ハインツと顔を合わせても、罪悪感でまともに顔を見られない。幸いなことに、ハインツはここ数日は付き合いのため外で夕餐を済ませることが増えていたので、一緒に過ごす時間は減っていたが、毎晩、情熱的に慈《いつく》しむように抱かれるたび、マリアは自分の反応が変わってはいないかと気もそぞろだ。

教会に礼拝に行くたびに、マクシミリアンの面影《おもかげ》を脳裏から消そうと目をつぶって祈り、彼に懸想《けそう》するけがらわしい自分を戒《いまし》め、隣に寄り添う夫だけを想おうとする。

なのに、いけないと思いながらも、週末の夕方の散歩をマクシミリアンとともにすることを諦められない。何度も彼と顔を合わせれば、彼に対する自分の心の動きが錯覚だったと思いこめるかもしれないのだと自分に言い訳していた。

ハインツの先妻のことを話したきり、ふたりの間にはほとんど会話はなかった。

しかし、マクシミリアンは犬たちだけでなくマリアにも常に気を配っており、ぬかるんだ場所を歩くのは避け、段差を通る時は無言で手を差し伸べてくれる。犬たちはそれをおとなしく待っている。

寡黙で、たまに発する言葉も淡々としてきつい代わり、彼の気遣いや労りはこの上なく細やかで優しいものだった。思えば、夜会の時からそうだった。

それに気づいてしまってからは、彼を怖いと思うことはなくなり、むしろ、もっと側にいたいと思うのだった。

そんな日々を繰り返していた折《おり》、屋敷にひとりの客があった。

マクシミリアンと並んで散歩中だったマリアは、侍従とともにやってきたアウロラに気づいて、思わず彼女に駆け寄った。

「アウロラさん！」

「マリアさま、こんにちは。お加減はいかがですか？」

鈴の転がるような声音でアウロラは尋ねてくる。

マリアは大丈夫、と頷きながら彼女の抱擁を受けて答えた。

「先日はご迷惑をおかけして、ごめんなさい。マクシミリアンさまと一緒に手当てをしてくださったと……」

「いいえ、かまわないのです。わたくしこそ、あの無礼な人からマリアさまをお守りできなくて申し訳ありませんでした。あの人はゲルダさまがこってり絞ったうえ出入り禁止になさいましたから、もう安心なさってくださいね」

にっこりと微笑むアウロラは、この上なく可憐で愛らしい。

「今日お伺いしたのは、父の店のお客様からたくさん早生《わせ》苺をいただいたので、お裾分けにと思いましたの」

アウロラは抱えた小さなかごの中身をそっとマリアに見せる。まるまるとした苺が紅玉《こうぎょく》のように赤く輝いていた。

「みなさんで召し上がってくださいませ。それから、もうすぐお誘いがあるかと思いますけれど、ゲルダさまがさ来週末、お屋敷で小さなお茶会を開かれるそうですの。うちのお茶をたくさんお持ちする予定ですのよ。ゲルダさまが、マリアさまとマックスもお呼びしたいとおっしゃっていましたから、ぜひご一緒しましょう」

マリアは、彼女が、犬を連れたマクシミリアンには遠くからの会釈にとどめ、声をかけたり近づこうとしたりはしないことに気がついた。

一頭の犬がマクシミリアンの足元で体を低くし、小さく押し殺した声で唸《うな》っている。もう一頭がぴったりとマクシミリアンの脚に体を寄せ、じっとこちらを見ているので、マクシミリアンはその頭を宥めるように撫でていた。以前にマクシミリアンの言った、犬たちの気難しい様子とはこのことなのだろうかと思う。

訝しむマリアに、アウロラは眉を下げて目を逸らす。

「お邪魔をしてはいけませんから、わたくし、これで失礼いたしますわ」

「そんな、せっかくいらっしゃったばかりなのに。中で少し休まれたら――」

引きとめるマリアに、アウロラは一瞬感じ入ったように目を潤ませたが、すぐにしゅんと顔を伏せてしまう。そして、マリアの耳元で小声で囁いた。

「実はわたくし、どうしてだかあの犬たちにとても嫌われてしまっていて、近づくと吠えられてしまいますの。マックスも知っていて、ああやって近づけさせないでいてくれるのです」

そう言うと、アウロラはマリアに苺のかごを渡すと、優雅に腰をかがめて挨拶する。

「お茶会で、ぜひまた。マックス、ごきげんよう」

アウロラはマリアの肩越しにマクシミリアンに声をかけ、踵を返す。

彼はマリアの背後で、ああ、と短く応《こた》えたようだった。

彼女は、春のそよ風のように優雅に去って行った。マリアは苺のかごを手に、その後ろ姿を見送った。

ゲルダからの書簡は、その日の夜にマリアのもとに届いた。

手紙には優雅な字で、マリアの体調を労《いた》わる言葉とともに、先日の夜会の埋め合わせに茶会へ招待したい旨《むね》が綴られていた。また、孫娘が招待主を務めるので、マクシミリアンにダンスの相手をしてもらった礼を伝えたいこと、都合が合えば、ぜひハインツにも来てもらいたいということも書かれていた。

マリアは、マクシミリアンとともに招かれていることに戸惑いを覚える。

屋敷の中を犬とともに散策するだけならともかく、ふたりきりで馬車に乗り、どこかへ赴《おもむ》くなどと考えたら、後ろ暗い喜びを感じると同時に、いけないことだと気が滅入ってしまう。

ゲルダは孫娘のためにマクシミリアンを呼びたいと言っているから、お茶会には彼だけに行ってもらうことにしようか。しかし、招待状の宛名はマリアだから、自分が欠席すればがっかりさせてしまうだろうし、完璧な気遣いを見せる彼女のことだから、お茶会の日程を変えてしまいかねない。

ハインツが行ってくれるならマリアも行こう。

マクシミリアンとふたりきりになるのならば、行かない。

これ以上彼と親密になってはいけない。

マリアは就寝前、手紙を抱いてハインツの書斎に行った。

「ゲルダさまが、旦那さまもぜひご一緒にと……」

マリアは、書斎机の向かいのハインツにおずおずと手紙を見せた。

「……残念だが、この日は別件が入っている」

眼鏡を押し上げながら、ハインツがちらりとこちらに視線を向ける。

マリアは頷いた。これで、ふたりで出かけずに済むと少し安堵したのだった。

「では、マクシミリアンさまだけに行っていただくようにします」

「おまえも行ってきたらいい。先日は十分楽しめなかったのだろう？　ゲルダはおまえを招待してくれているのだから」

いいえ、とマリアは小さく首を振る。

「今日はどうしたんだ。いつも素直なおまえらしくないね」

夫の言葉は優しかったが、常にはない毒を孕んでいた。

「てっきり大喜びで出かけると思ったんだがね。なにせ、マックスとふたりきりだ」

マリアはびくりと肩を揺らした。

「――私が気づかないとでも思っていたのかね。毎日肌を合わせているというのに」

手紙を広げているハインツの手に力がこもる。くしゃっと紙がつぶれる音がする。

「こちらに来なさい」

ハインツは有無を言わさぬ声で命じる。身を竦《すく》ませたマリアは従うことができない。

「来なさいと言っている」

苛立った声に怯えきったマリアは、萎《な》えた手足を動かして、回転椅子に腰かけたハインツの前に立った。ハインツはゆっくりと立ち上がり、机の抽斗から革紐を取り出すと、マリアの腕を後ろ手に縛りはじめた。

両肘を内側に折り曲げ、背中で手首を重ねた形で拘束される。声も出せず、されるがままのマリアは、後ろ髪を強く摑まれ、大きな机にうつぶせに倒された。

「……っ……」

上半身を机上に預け、腰から下は立たされている格好だ。腹には力が入らない。

「その格好では起き上がれないよ。かわいそうに」

ハインツは自分が戒めたマリアの手首を優しく撫でる。その手が背中を上に辿り、うなじに触れ、洗い髪を掻き分ける。彼はマリアに覆いかぶさり、露わになった小さな耳にくちづけを落とす。

その残酷な感触に身をよじれば、革紐がきつくきつく肌にくいこんでくる。

しいからね」

「毎週の逢瀬《おうせ》はさぞ楽しかっただろう。マックスは貴婦人たちの憧れの的で、若いし、美

濡れた唇が耳の後ろからうなじにかけてを這う。

マリアは首を振る。もはや、自分が何を否定したいのかさえわからない。

「……違います……」

苦しい息の下からやっとそれだけ口にしたマリアを、ハインツは笑う。

「何が違うんだ。おまえは、マックスに恋をしてしまったんだろう？」

ハインツの吐息が肌にかかって、マリアはきつく目をつぶる。

「そんなこと……」

「あの子は優しいだろう？　だが別に、おまえにだけ優しいわけではないんだよ。真面目だから誰にでも同じように接しているに過ぎない」

大きな手がマリアのガウンをくぐり、夜着にかかる。差し込まれた手は直にマリアの太ももに触れ、裾を捲《まく》りあげて腰から下を露わにした。強引な仕草は初夜のとき以来だった。いや、そのときより何倍も乱暴だった。

「未亡人や商売女と割り切って付き合っているからこそ、表ではああいうふうに振る舞えるんだ。あれはどんな女にも本気にはならない。愛せないんだ。……私と死んだ先の妻のせいなのだろうがね」

彼は左手でマリアの抵抗を封じながら、右手でマリアの腰から尻にかけての肌を撫でま

わす。

「マリア、答えなさい。マックスを好きになってしまったんだろう？　ひょっとしてもう、私の目を盗んで抱かれてしまったのかね」

マリアは首を振る。いつの間にか目から涙が溢れていた。

ハインツを裏切っていたことへの申し訳なさと、彼が豹変してしまったことへの恐怖。そして、自分の思いがとうの昔に彼に気づかれていたことへの惨めさと、けがらわしい思いを向けてしまったマクシミリアンへの罪悪感。全てがないまぜになっていた。

自分はハインツに嫌われ、なじられ、このまま要らないと捨てられてしまっても仕方がない。神の前での永遠の誓いを一年もたたぬうちに破ったばかりか、孤児院から引き取って家族として迎えてくれた恩を仇で返した。

けれど、万が一にも自分のせいでマクシミリアンがハインツに咎められたり、ふたりの仲に亀裂《きれつ》が生まれたりしてはいやだった。

だから、否定し通すしかなかった。

「……違います、好きになったり……あ、あっ」

彼のたくみな指が腰の下に忍び込み、前からマリアの敏感な花芯に触れる。そこをゆっくりと擦りあげられ、マリアは声をかみ殺す。嘘をつく後ろめたさに、身体がいっそう敏感になる。

「おまえの大切な神様は、息子に恋してはいけないと、そんな簡単なことさえ教えてはくれなかったのかね」

マリアははっと目を見開く。その言葉に、ハインツもまた神を信じてはいないということを思い知らされた。

「……わたしは、旦那さまのものです……」

泣き濡れた声で、マリアは訴える。

「マリア」

あきれたように名を呼ばれる。

「その台詞は、自分が私の妻でなければよかったと言っているように聞こえるよ」

背後で、ハインツが前立てをくつろげる気配がした。

彼は手で触れることなく、マリアの花襞を後ろから一息に貫いた。

「ああっ――」

圧倒的な大きさのものが入りこもうとするが、潤っていない内部は受け入れきれない。引き裂かれる痛みにマリアは耐えた。ハインツは苛立ちのままに腰を揺すり、声を殺すマリアを責め立てる。肉の花弁が彼の出し入れに合わせて中に巻き込まれ、ひきつれる。

ハインツはぎりぎりまで自分のものを引き抜き、一気に突き入れて、衝撃と痛みでマリアを苦しめた。

獣の交合のような格好で犯されながらマリアは耐える。いやだとも、痛いとも言ってはいけないと思った。黙って受け入れ、従順にしていたら、彼の怒りが解けるとマリアは信じ込んだ。

「おまえはほんとうに愚《おろ》かでかわいいね。黙っているのは肯定でしかないのに」

だが、聞こえてきた彼の言葉に、それが逆効果だったと思い知らされる。

ハインツはマリアの奥深くまで腰を進めると、おもむろに激しい抜き差しを止めた。

彼に馴らされた膣内は既に幾分か濡れていて、擦れる痛みは和らいでいた。ついさっきまで苛まれていたはずの柔肉《やわにく》は、何もされていないのに、楔《くさび》をやわやわと包み込み、締めつけることで自ら感じはじめてしまう。

「あ……」

初めての体位で、今までとは違う角度で、縛られながら貫かれていることも、おそらくはハインツの冷たい目で見下ろされていることも、理性の歯止めどころか快感を拾い上げる手助けにしかならなかった。

「ん……、んっ」

声を漏らしはじめるマリアを、ハインツは嘲笑《あざわら》う。

「どこも触ってやっていないのに、締めつけてくる。おまえは誰のものでもこうして咥えこんで、勝手に気持ち良くなってしまうんだね」

彼の指が、ハインツ自身を受け入れている場所をなぞる。目に見えなくてもわかってしまう。そこは嬉しげにぬるぬるとした蜜を垂らし、いっぱいに彼を頬張っていた。

「マックスに抱かれるところを想像してごらん。私の姿が見えないのだから、できるだろう？」

マリアは首を振りたくる。

「今、中が動いたよ。いやらしいね」

意地悪く言いながら、彼がゆっくりと抽送を再開した。マリアの浅い場所、ちょうど恥《ち》骨《こつ》の裏にあたる腹側の壁が先端で擦られる。押されると切ないほど感じてしまうところだったが、今日はそれだけではなかった。

「あ、……そこ……」

そこを圧迫されると、少しずつ尿意が起こり、裏腹に快感にも襲われて、たまらなくなってしまう。

「ここが、どうしたんだ？」

ハインツが、再びその場所を強く穿つ。マリアがどんな状態なのか手に取るようにわかるのだろう。執拗に突き入れてきた。

「だめ……、わたし、わたし……っ」

ぶるぶると足が震えてしまい、もはや体重を支える用をなさない。机に顔を押し付けて、マリアは必死に何かが溢れようとするのをこらえた。それがますます男を締めつけるのにも気づかない。

「漏れてしまいそうなのだろう？」

深い息を吐き、ハインツが尋ねてくる。マリアは首を上下に振り、だからやめてほしい

と訴えるのに、彼の動きは止まらない。

「漏らしてしまいなさい。汚いものではないから」

マリアは背中で縛られた両手をぎゅっと握りこむ。それでも、途絶えることのない強い責めに耐えることができない。

「いや、いや……、やあ、離して、離れて、旦那さま、だめえ……っ」

泣き声をあげながら、マリアは達した。秘めた場所から温かいさらさらとしたものが噴出し、繋がったふたりの下肢をびしょびしょに濡らす。それにもかまわず、ハインツは動き続けた。

「や、ああ……」

彼の手が満足そうにマリアの髪を撫でた。

「初めて中だけでいったね。お前の身体が熟れてきた証拠だよ……」

彼はひときわ激しく腰を揺すり、奥まで突き込みはじめる。しばらくすると、深い吐息をついて彼もマリアの中に欲望を吐きだす。すぐにおのれのものを引き抜くと、からっぽになった場所に指を二本差し込んだ。

ぬかるみをぐちゃぐちゃにかき混ぜられ、奥の奥、子宮の入り口に指先で触れられて、マリアはびくんと大きく震える。

「少し、下りてきている……」

彼が何のことを言っているのかマリアにはわからない。

指を抜くと、彼は白い脚の間に顔を埋め、マリアが噴いた大量の愛液を啜りはじめた。マリアは驚いて身をよじるが、強い腕に阻まれて逃げることはできなかった。

「汚い……、汚いです、やめて……！」

「汚くないと言っただろう。小水《しょうすい》ではないんだよ」

ハインツはぴちゃぴちゃと音を立てて、濡れた肌を吸う。気が遠くなるほどの時間をかけて尻から太ももまでを舐め尽くされ、マリアはすっかり憔悴《しょうすい》しきっていた。

机の上に突き伏したままぐったりとしていたマリアは、ハインツに抱き起こされて、腕の拘束はそのままに床に座らされた。彼は回転椅子に腰かけ、マリアの髪を摑んで自らの脚の間に顔を埋めさせる。

「この間、私がしてあげたようにしてごらん」

戸惑うマリアが泣き濡れた目で見上げると、ハインツは優しく命令した。

顎に手を添えられ、唇を開かされて、まだ硬さを保っているハインツ自身を唇に受け入れた。あとは彼が命じるままに拙《つたな》く舌を使い、顔を動かし、喉を突くえづきをこらえた。気が遠くなるほど長い時間の奉仕の果てに、ハインツの雄が脈打ちながらマリアの口腔に苦いものを吐きだした。

ようやく満足したのか、ハインツはマリアの腕の戒めを解くと、呼び鈴で女中を呼びだし、ふたり分の着替えを用意させた。ハインツはおざなりに着替えると、汚した衣服、濡らした絨毯、情事の痕跡《こんせき》が色濃く残る部屋をすべてそのままに、マリアを抱いて寝室に向かった。

マリアは再び、マクシミリアンとともに馬車に揺られていた。

車窓の向こうでは大粒の雨が降っていた。キルマイヤー邸自慢の庭園で催される予定だった茶会は、あいにくの天気のために屋内で行われることになるだろう。

馬車は、先日と同じ場所に向かっている。

ゲルダの誕生祝いの晩とは、マリアを取り巻く何もかもが変わってしまっていた。マクシミリアンへの想いを暴《あば》かれた夜から、ハインツの仕置きが始まったのだ。

彼は、一見、マリアを今まで通りに過ごさせながら、ドレスの下の肢体に無体で甘美な罰を与え続けている。

朝は、コルセットを締められる前に胎内に張型《はりがた》を押し込まれ、外せないよう紐で縛られた。埋められたものが存在を主張し続け、膣内を常に責め立てて、歩くことさえ満足にできないのに、日中はそのまま生活するよう強いられる。自分で紐を解いて取り出すことができないわけではなかったが、後にどんな仕打ちが待っているかと思うととてもそんな気にはなれなかった。

一番辛かったのは、日曜日、教会に行く前にも同じように施されたことと、そのあとの夕方の犬の散歩をマクシミリアンとすることだった。神の御前《みまえ》でも、マクシミリアンの側でも、衣服の下で淫らな格好をしていることを気づかれはしないかと、そればかり恐れながら、やり過ごすだけで精いっぱいだった。

夜にはハインツとともに入浴した。ハインツはコルセットを解き、マリアの秘所から忌まわしいものを引き抜くと、シュミーズ一枚になったマリアを目の前に立たせる。男根を模したものを咥え続けて咲ききった花弁を念入りに調べ、不貞を働いていないことが証明されると、ようやくマリアを解放した。

しかし、安堵できたのもつかの間、マリアは夜着を身につけることは許されず、拭かれた身体をタオルに包まれて寝台に運ばれる。

「こうしてやらないと、おまえは逃げてしまうからね」

毎晩、ハインツはマリアの身体のどこかしらを縛った。腕を寝台の支柱に括《くく》りつけたり、両脚を開かせたまま膝を固定したり、ときにはマリアに枕を抱かせて手首を縛り、立ち上がって逃げることも彼に縋ることもできないようにしたまま後ろから抱いた。

特に手首は拘束され続けたために擦過傷《さっかしょう》が絶えず、長い袖で隠すのに苦労した。

人形のように扱われても、マリアは夫の愛撫に乱れに乱れ、偽物ではない生身の熱い肉塊を咥えこんでは喜びに咽《むせ》んだ。

「本当は、マックスのものを受け入れたいんだろう?」

耳に吹き込まれる低い囁《ささや》きは、疑念と叱責《しっせき》と嫉妬に優しさを装わせた甘苦しいもので、いっそのこと冷たく切り捨てられた方がましだと思った。

厳しくも寛大だった夫にこんなことをさせているのは自分に違いなく、罪悪感に胸がつぶれそうになりながら、マリアは抵抗を諦めた。ハインツが裏切られ、傷ついて、マリアを罰しているのがわかるからだ。

マリアの身の回りの世話を取り仕切るハンナも、もちろんふたりの関係の変容を知っている。ハインツの睦言《むつごと》にも似た責め句は自室と夫妻の寝室でだけ向けられたが、彼はそこに誰が居ようとかまわないので、ハンナだけでなくアモンにも聞かれている。知っていながら見て見ぬふりで、汚したリネンや衣服の始末、傷の手当てをしてくれるふたりの優しさが何よりありがたかった。

そして今も、ハインツはマリアを試していた。

キルマイヤー邸の茶会にマクシミリアンとふたりで出るようマリアに命じた彼は、今朝は張型を使わずにマリアのコルセットを締めた。

そして、自身の上着の胸元から取り出した小壜《こびん》の中身を呷ると、マリアに口うつしで飲ませた。甘ったるく、ハーブのような香りのそれを、命じられるままマリアは飲みくだした。

「何……?」

おそるおそる尋ねるマリアに、ハインツは口元を拭いながら笑う。

「しばらくすればわかる。今日、帰ってくるまでおまえが貞淑《ていしゅく》でいられたら、明日からお仕置きはやめてあげよう」

そう言って、ハインツはマリアを送り出した。

馬車に乗り込んで四半時、ようやく現れたその効果に、マリアは自分が何を飲まされたのか気づいた。

身体の芯がじわじわと熱くなり、ものを考えることが難しくなってくるのとは裏腹に、下肢に血が集まり、おそろしいほど敏感になってゆく。ドロワーズの中で、花芯は愛撫を受けたように膨らんで尖り、今日まで常に埋められていた場所はねっとりと潤んで蜜をこぼす。そこは心臓が脈打つのに合わせてひくつき、馬車の揺れにさえ快感を拾いはじめてしまう。胸の頂がコルセットの締めつけによって擦られ、恥ずかしいほど立ち上がっているのもわかる。

マリアは、目の前に座るマクシミリアンに気づかれまいと、唇をかみしめ、顔を逸らして必死で耐えた。それはひょっとすると彼と同席することを心底嫌がっているようなそぶりに見えたかもしれないが、マリアにはそれに気づく余裕もない。

地獄のように思える時間が過ぎ、馬車はやっとキルマイヤー邸に到着した。

マクシミリアンに濡れぬよう気遣われながら馬車を下り、彼の腕に手を預けて歩く。

以前のマリアならきっと、衣服越しの腕の温もりに胸をときめかせていたはずだ。男を知り、媚薬《びやく》を盛られた今は、その腕が自分を抱いてくれたらどれだけ幸せかと浅ましいことばかり考える。

茶会は、庭に面した一面が硝子《ガラス》張りの、見事な広間で行われた。招待主はゲルダと孫娘で、この茶会の開催は彼女が嫁ぎ先でうまく屋敷の采配を振るえるようになるための花嫁修業の一環だという。

集まったのはアウロラとマリアたちの他に、キルマイヤー家と親しい男女が数人だけ。

彼らと同席しても、半ば意識がもうろうとしているマリアは受け答えするのもやっとだった。

ゲルダの孫娘が恥ずかしそうにおずおずとマクシミリアンに声をかけ、ピアノを聞いてほしいとお願いしている。

マクシミリアンは心配そうにこちらを見ていた。ゲルダが楽譜を用意し、三人で何を弾くか楽しげに相談しているのをマリアが椅子に掛けたまま見ていると、彼の代わりにアウロラがやって来てマリアの隣に座る。

「マリアさま、体調がすぐれないのではありませんか？　何だかお顔が赤いし……」

アウロラは可憐な仕草で顔を覗きこんでくる。

マリアは首を振り、力なく微笑んで見せた。

「それなら、よいのですけれど……。あの、差し出がましいことでしたらお許しください」

そう言って、マリアの耳元で囁く。

「もしかして、マックスと何かあったのではありませんか？　今日こちらに着かれたときも、何だか様子が変でしたわ。先日はそんな感じはありませんでしたけれど。マックスはもうすぐあの屋敷を出てゆくと噂になっているし――」

マリアは訝しく思い、目を細めた。

アウロラは、まさか、といっそう声をひそめる。

「ご存じないのですか？　おじさまはマックスを婚約させるおつもりなのでしょう？」

小さく息を呑むマリアの耳元でアウロラが囁く。

「おじさまはマックスの花嫁を探していて、もう何人かに候補を絞っているって。降ってわいたようなお話で、わたくし、信じられなくて……」

アウロラは緑の目を瞬《しばたた》かせ、小さな顔を俯けた。

マリアが彼女の言葉の意味を理解するのには、しばしの時間を要した。

ハインツが、マクシミリアンの住居を屋敷から移させ、婚約までさせようとしている。きっと、マリアが浅ましくふしだらに彼のことを想っているからだ。

「そう……、そうなのですね……」

マリアは声を絞り出す。

部屋の向こう側では、マクシミリアンがピアノの側に立ち、ゲルダとともに愛らしい少女のピアノに耳を傾けている。ざあざあという遠くの雨音とともに、美しい悲しい音色が部屋を満たしていた。

マリアに気づいたのか、彼がふと顔を上げた。

目が合うと、彼は微かに眉を上げた。

視線が絡み合い、マリアは思わず目を逸らしてしまう。

彼に見つめられているのを感じる。頬が火照り、喉元が苦しくなる。身体の芯が燃えるように熱くなり、人の手に触れてもらいたくてたまらなくなる。

ハインツがあの薬をマリアに飲ませたわけがようやくわかった。

帰ってくるまで貞淑でいられたら、とハインツは言った。あれを飲んでもなお、マクシミリアンとふたりきりという状況の中で自制すること、そのためにマリアが悩んで、悶《もだ》え、苦しむのを見越していたのだ。

マリアは額に手を当て、熱い吐息をつく。かたく目を閉じる。

こらえなくては、と思う。

薬の催す淫らな効果に耐え、屋敷に戻れたら、ハインツはマリアを許してくれる。

マクシミリアンは屋敷を出て結婚するのだから、自分はきっと彼を思い切ることができるだろう。彼ともっと言葉を交わしたいとか、あの水色の美しい目に見つめてほしいとか、その腕に抱きしめてほしいなどという、愚かしい考えを捨てることができるだろう。

自分は何て汚《きたな》らしい女なのだろう。自分のことばかり考えている。

一生妻帯しないと決めているマクシミリアンが、義母に懸想されたばかりに、宛《あて》がわれるように花嫁を娶るのだ。彼自身が望んで、愛した人を迎えるのではなく。

いやきっと、彼が彼に相応しい美しく育ちの良い恋人を作り、その女性と結婚するとしても、マリアは身分不相応な嫉妬心を抱いてしまっただろう。

マリアは歯を食いしばる。背骨が溶けてしまったかのように、身体に力がはいらない。

このままどろどろと自分の身体がなくなってしまったらいいのに……。

その時、上半身がぐらりと傾ぐのがわかった。

「マリアさま、やはり顔色が――。きゃあっ」

隣のアウロラが小さな悲鳴をあげる。

すぐに視界が真っ暗になった。


額に、温かく乾いた手を感じる。

マリアは目を閉じたまま眉根を寄せる。微かな頭痛とともに、身体の奥で熾火のような熱が続いているのに、絶望する。

マリアは柔らかいところに寝かされていた。

重い瞼を上げると、白い天井が目に入る。つい最近も、こんなことがあった。同じ場所でのことだった。

「気がつきましたか」

この声も、あのときと同じ。低く掠れた声。

「動かないでください」

顔を動かすと、寝台の側に腰かけたマクシミリアンがこちらを覗きこんでくる。

「熱があるようですね。どうして言わなかったんです」

マリアは弱弱しく首を振る。病気などではないのだ。

間近に感じる彼の気配が、マリアの頭を鈍らせる。その体温を感じたい。その大きな手で抱きしめてほしい。そして、ハインツがすることと同じことをしてほしい。

「わたしは大丈夫ですから」

「大丈夫なはずがないでしょう。キルマイヤー夫人が医師を呼んでくれていますから、診察を受けてもらいます」

彼が眉間を険しく寄せ、少し早口になる。いつも淡々とした様子の彼には珍しいことだ。

「いいえ、病気ではないんです。だから、心配なんてしていただかなくていいんです」

マクシミリアンが黙り込む。

「……まさか、お腹に父の子供が？」

感情のない声で尋ねられ、またマリアは首を振る。

「違います、大丈夫ですから」

そう答えると、彼が短くため息をつくのがわかった。どうして、まるで安堵したとでもいうかのような顔をするのだろう。

「本当に大丈夫ですから。知らない方にお会いしたので、緊張しただけなんです」

必死な言い訳が口をつく。

幼い頃から、神父と修道女たちに嘘をついてはいけないと教えられ、罪を犯すことを恐れてきたのに、今はこんなにもやすやすと偽りを口にできるようになってしまった。そして、それがもう何のためなのかもわからなかった。

ただひとつ確信できるのは、もうこれ以上、彼と言葉を交わしてはいけないし、側に近寄ってもいけないということ。マリアは彼を忘れなくてはいけないということ。

マリアは寝台の上で身をよじり、マクシミリアンに背を向ける。

「マクシミリアンさまは、みなさんのところに戻ってください。もう、わたしのことは放っておいて……」

彼がごくりと息を呑むのがわかった。ふたりの間を沈黙が支配する。

マリアは目をつぶって両手で顔を覆い、彼が部屋を出てゆくのを待った。けれど、どれだけ待っても、彼が歩み去る気配はなかった。

「放っておけるとでも……？」

静かな、地を這うような声だった。

マクシミリアンは椅子から立ち上がる。強い両手がマリアの手を顔から引き剥《は》がし、手首を顔の両側に押さえつける。彼は真っ直ぐ見下ろしてくる。

「この手首の跡は何です。まさかこれも、父にお願いしているのですか」

マリアは思わず目を逸らした。

その瞬間、噛みつくようにくちづけられた。

「あっ……んんっ」

彼の唇は冷たかった。マリアの身体がひどく熱いためかもしれなかった。それは驚くほど激しくマリアを貪《むさぼ》り、舐め、啜《すす》った。

「ん、や、ん——やあっ」

舌が歯列を割って入り込んできて、性交を思わせる動きで口腔を犯す。凶暴な動きに、マリアは頭を振って逃れたがる。しかし、媚薬に侵《おか》された身体は、息をすることも忘れ、喜びのたうった。手足から力が抜けていく。

「あ……、んッ」

眦《まなじり》からぽろぽろと涙が流れた。

どうして、義理とはいえ息子にあたる人と、こんなことをしているのか。

そして、なぜ、こんなにも嬉しくて、気持ちがいいのか。

嵐のような激しさはいっときのことだった。マリアに抵抗する気がないことに気づいて、彼は寝台に乗り上げ、腕の拘束をやめて、マリアを胸の中に抱き込む。

濡れたふたりの舌はいつの間にか同じ温度になっていた。

重なる吐息と水音だけが部屋に響く。

マクシミリアンの体温を全身で感じると、マリアの奥深いところから、甘くとろとろとした幸福感が溢れて、髪の一本一本から爪先までを満たす。そして、下肢が熱く疼いて、

愛しい人を迎え入れたいと蜜をこぼす。そこが寂しくて、切なくてならなかった。

ぎゅっと抱きしめられ、舌を優しく吸われながら、くちづけだけでマリアは達した。

彼の腕の中で背を弓なりに反らし、その胸に縋った。

どれほどの時間そうしていたのかわからない。

静かにマリアの唇を味わっていたマクシミリアンは、おもむろに体を離し、寝台の側に立った。マリアが泣き濡れた目で見上げると、彼は唇を歪めた。

「黙ってされるがままでいるのは、同情からですか」

マリアは彼の言葉の意味がわからない。想いを見透かされて、慰めに唇を与えられたのは自分のほうだというのに。

「あなたには俺がこんな真似をする理由など思いつかないでしょうね。最後まで、知らなくていいんです」

彼は自分の額に手を当て、悲しげに笑う。

「許してくれとは言いません。忘れてください。もう、姿を見せませんから」

馬車は使ってください、と言い残して、マクシミリアンは出て行った。

マリアは寝台の上で、自分の身体を抱きしめた。いつまでたっても、手の震えがおさまらなかった。

マクシミリアンは、急な仕事を思い出したと言って、ゲルダにマリアのことを頼んで去って行ったらしい。マリアは彼女が呼んでくれた医師の診察を丁重に断り、非礼を詫びてキルマイヤー邸を退出した。

ひとりで戻ったマリアを、ハインツは黙って迎えた。

マクシミリアンは屋敷に戻っていないようだった。

マリアが頬を染め目を潤ませているのを、いまだに続く媚薬の効果だと思ったのだろうか。ハインツはその足で夫婦の寝室に向かうと、ゆっくりとマリアのドレスを脱がし、コルセットを取って、焦らすようにマリアを一糸纏わぬ姿にしていった。

マクシミリアンのくちづけによって火をつけられたままの身体は、衣ずれの音にさえ期待を膨らませ、しとどに濡れて、男を待ち切れなかった。

まだクラヴァットさえ取っていないハインツに自ら縋り、胸元に顔を埋める。

「旦那さま、はやく……」

唇を動かすと、ハインツは吐息だけで笑った。

「いい子にしていたのかね？　見せなさい」

彼は床に膝をつくと、マリアのそこを広げさせ、指で触れる。透明な蜜は内腿まで滴るほどだった。

マリアはハインツの肩を摑みながら立っているのがやっとだ。

　指を差し入れられ、そこが甘い蜜を垂らしながらも硬く引き締まったままなのを確かめられただけで、マリアは全身に玉の汗を浮かべて達してしまう。

「あぁぁ……っ」

「まさか、これだけでいってしまったのか」

　指一本だけではとても足りない。もっと熱くて大きなものが欲しかった。

　立たされたままのマリアは身をかがめ、跪《ひざまず》く夫に自らくちづけた。目を閉じると、まるでマクシミリアンと唇を重ねているような気持ちになる。くちづけの合間の息の音も、そっくりで聞きわけがつかない。

「おねがい、苦しいの……。はやく、入れてください……」

　自分からねだるなど初めてのことだった。

　ハインツはいたく満足した様子で立ち上がり、マリアを寝台の上に乗せる。彼自身も手早く衣服を緩めて寝台で胡坐を組んだ格好になり、マリアに告げる。

「私の上に乗って、自分で入れてごらん」

　普段ならば絶対に従わない命令にも、今のマリアは従順だった。

　ハインツにのろのろと近づいて、膝立ちになり、彼の大きく猛々しい欲望に触れる。硬く張りつめたそれを握ると、犯されることを待ちわびて、最奥がきゅんと締まった。

　マリアは彼の胴に跨《また》がり、肉茎を蜜壷に宛がい、ゆっくり腰を落とす。

「あぁ、やあ、あ、いい……っ」

マリアは二度目の絶頂を迎えた。

「あ、いい……、もっと……っ」

それでもまだ足りなくて、さらなる快感を求めてぎこちなく腰を使う。

ハインツはしばらくマリアの好きにさせていたが、やがて拙い抽送に焦れたのか、力強く腰を突き上げはじめた。

「あぁ、旦那さま、そこ……、そこがいい……」

「ここかね」

下から突かれると、恥骨の裏の一番いいところにハインツの張り出した部分が当たって、たまらない。

「はい、そう……っ、気持ちいいの、もっと擦って、突いて……っ」

妻の身体を知り尽くした夫によって、マリアは上になり下になり、数えきれないほど達した。頭も肉体も快楽で満たされて、何もかも忘れてしまいたかった。

その夜、寝室には、明け方までマリアの嬌声が響いた。


翌朝、マリアは目を覚ますなり、昨晩自分が薬に侵され、マクシミリアンのくちづけに狂わされてハインツの前で演じた痴態を思い起こし、寝台の中で顔を覆った。

「マリア」

隣のハインツは、穏やかな顔をしていた。

「昨日は、ひどいことをしてすまなかったね。おまえの貞節を疑うなど、私が普通ではなかった。もうあんなことはしないよ」

優しく温かなハインツの腕に抱きしめられ、マリアはいっそ咎《とが》められ続けたほうがましだと思う。自分は彼の許しを受ける前に、マクシミリアンにくちづけられ、それを喜んで受け入れるという罪を重ねてしまった。

なのに、ハインツにそれを打ち明けることがどうしてもできない。葛藤しながら寛大にマリアを受け入れてくれようとする夫を、今も裏切り続けている。その事実にマリアは心を苛まれていた。

そのあと朝食をともにしながら、ハインツは、マクシミリアンが来月にもこの家を出て、ファーレンホルスト社の事務所の近くに移り住むことを告げた。マクシミリアンの結婚相手を探していることについては明かさなかった。正式に決まるまではマリアにすら話すつもりはないようだった。

マクシミリアン自身は、社の事務所の側のホテルに滞在しており、屋敷に残っているのはいくらかの荷物だけ。マリアは彼と顔を合わす機会すらなくなったので、もう彼に胸をときめかすことも、それに罪悪感を覚えることもない。

それなのに、マリアは夜に床についても眠れなくなっていた。いつものようにハインツに抱かれ、疲れ果てて寝台の中で目を閉じても、いっこうに眠気が訪れず、目が冴えるばかり。

そんな日々が、マクシミリアンの最後の荷物が運び出される日まで続いた。

曇《くも》って、たいそう風の強い日だった。

マリアは邸内の温室にいた。大きな薔薇の温室で、そこを開けられる鍵はひとつだけ。

かつては庭師が保管しているものの他にもうひとつ存在していたというが、十数年前に所在がわからなくなってしまったという。

長年屋敷に勤める庭師によると、温室は今は屋敷に飾る薔薇を育てるためだけに使われており、家人が立ち入ることはないらしい。

庭師に鍵を借り、内側から錠《じょう》を下ろしてしまえば、もう誰もそこに入ることはできない。

マリアにとっては、唯一、ひとりになることができる場所だった。

マリアは温室の中央に据えられたベンチに横たわっていた。

温室の中は心地よい暖かさで、ところどころ花を付けた薔薇の木がほのかな芳香《ほうこう》を醸《かも》している。

目を閉じても、眠気は訪れない。マリアはマクシミリアンの荷物が運び出されてしまうのを見たくなくて、家庭教師の授業の後、ハインツが出かけているのをよいことに、温室に籠ってしまった。

マリアは天井を見上げた。硝子の向こうの空は鈍色《にびいろ》だ。

このまま、マクシミリアンとのことをなかったことにするのが誰のためにも一番いい。

ハインツはマリアとマクシミリアンとのことは忘れたかのように、表向きは以前のように寛大に接してくれる。マリアの誰にも明かせぬ恋はハインツの甘やかな罰を受けたことで許され、償《つぐな》われたことになり、生活も何もかも今までどおりになった。これまでと違うのは、ただ、週末にマクシミリアンとともに散歩するのをやめたことだけ。

マリアはこれから先、ハインツの妻として相応しくいられるよう、誠意を尽くして彼に仕えるのだ。マクシミリアンと再会する前のように。

マクシミリアンは、疫病神《やくびょうがみ》のような女のことは記憶から消し去るだろう。いつか、彼と似合いの美しい人と結婚し、家庭を作るだろう。

脳裏に甦《よみがえ》るのは、キルマイヤー邸の客室でマクシミリアンと交わした甘苦しいくちづけと、そのあとで彼が放った言葉。

『あなたには俺がこんな真似をする理由など思いつかないでしょうね』

マリアは振り切るように目を閉じる。

『許してくれとは言いません。忘れてください』

彼の言う通り、あの言葉の意味を考えるのはやめよう。どれだけ考え、待ったとしても、答えは絶対にわからない。彼に真意を尋ねる機会は永遠に来ない。

だから、あのくちづけのことは胸の奥底にしまったほうがいい。

硝子張りの壁が風を受けて軋《きし》むのを聞きながら、マリアは天を仰《あお》いだまま目を閉じる。

そのとき、聞こえるはずのない音が聞こえた。

開くはずのない扉が開こうとしている。

マリアははっとして目を瞠り、身を起こした。

足音が近づいてくる方向に顔を向ける。居るはずのない人がそこには立っている。

もう決して会わないと決めた人だ。

「マクシミリアンさま……」

マリアは、身体からずれ落ちた膝掛けを拾うのも忘れ、温室の入り口に立つ人を見つめる。

彼も水色の目を見開いたまま立ちつくしていた。

「なぜここに？」

彼の低い声が尋ねてくる。マリアはためらいながら答えた。

「ひとりになりたくて……」

俯いて、自分のドレスの膝を見つめる。

「マクシミリアンさまこそ、どうして？　鍵はひとつだけのはずなのに」

彼は、マリアが手の中に小さな鍵を握りこんでいるのに気づいたらしい。

つかつかと歩み寄って来て、マリアの目の前で、てのひらを開いて見せる。載っていたのはマリアのものと同じ真鍮《しんちゅう》製の鍵だった。違うのは、マクシミリアンのもののほうが、色褪《いろあ》せずに磨きこまれていることだけだ。

「母の鍵です。母が死んだとき、遺品から探り出して、隠し持っていました」

マリアは顔を上げ、自分の手を開いた。

「お母さまの……？」

「知らなかったのですか。この温室は、父が結婚の記念に母に贈ったもので、作られた鍵は一対だけ。父は鍵も持っていないし、立ち入ったこともない」

彼は寂しげにふたつの鍵を見比べている。

「母が死んですぐの頃、俺もよくひとりになりたくてこっそりここに忍び込みました。昼は庭師の目を盗んで、夜はランプと本を持ちこんで」

マリアはベンチから立ち上がる。

マクシミリアンの母の思い出の場所に、自分などが居てはいけないと思ったのだ。使用人たちはマリアに気を遣い、あえて教えなかったのだろう。

「……ごめんなさい。わたしなどが立ち入ってはいけない場所でした」

「かまいません。別に母がここを気に入っていたとか、何か楽しい思い出があるとかいうわけでもない。何となく落ち着くから使っていただけです」

そう言って、彼は手を伸ばしてマリアのてのひらに重ねる。

一揃いの鍵が、マリアの手の上で鈍《にぶ》く輝いた。

「差し上げます」

マクシミリアンの言葉に、マリアは眉を上げる。

「受け取れません。お母さまのものなのに」

「今日一度だけ中を見たら、鍵は海にでも捨てるつもりでした。もう二度とこの家に来るつもりはありませんから」

「二度と……？」

　マリアは問うた。

「ええ」

　彼は静かに頷いた。

「もうあなたに姿を見せないと言ったはずだ。そういうことです」

　そのために、あんなにも熱心に世話し、可愛がっていた犬たちをも置いてゆくのだ。

「旦那さまがマクシミリアンさまをお屋敷から出すようお決めになったのは、わたしのせいなんです。それでマクシミリアンさまがお生まれになったこの家に帰ってこられなくなってしまうくらいなら、わたしは――」

　言い募るマリアに、彼は怪訝《けげん》そうな顔をする。

「あなたは何か勘違いしている。確かに家を出てはどうかと父から話があったのは事実ですが、その前から俺自身が決めていたことです」

　今度はマリアが驚き、尋ねる番だった。

「なぜ？」

　マクシミリアンは黙り込み、マリアの目を見据える。そして、苦しげに唇を緩めた。

「言ったでしょう。最後まで知らなくていいと。……あんな真似をされてもまだわかりませんか」

マクシミリアンは、静かに一歩後ずさる。

「あなたが欲しいからですよ」

押し殺した声だった。

マリアは頭が真っ白になってしまい、彼を見つめることしかできなかった。

「……うそ」

茫然としたマリアの呟きを拾った彼は、目を眇める。

「父から奪って、攫って、閉じ込めたい。誰にも会わせず、その目に他の何も映させたくない。その声で父の名前を呼ぶなら口を塞いで、裸に剥いて犯して、精液を流しこんで孕ませたい」

彼はその涼やかな顔に嘲笑を浮かべた。

「どうです、義理の息子が腹の底でこんなことを考えているなど、敬虔なあなたには思いつきもしなかったでしょう」

マリアは彼にからかわれているのかと思った。けれど、マクシミリアンはマリアを射殺さんばかりの鋭さで見つめてくる。

「マクシミリアンさま……」

彼の水色の目は、怒り、嫉妬、やり切れなさといった激しい感情を煮えたぎらせながら、それでいて悲しげで縋るようだった。口汚くマリアを脅すような言葉を口にしながら、それでも。

「俺はこういう汚らしい男です。こんな男に懸想されて、あなたが幸せでいられるわけがないでしょう。もう会わないと言ったわけがわかりましたか。……では」

彼は顎を引き、一度だけ寂しそうに目を細めた。そしてすぐに踵を返し、温室の扉に向かって歩き出す。

このまま、声を掛けずにいるべきだ。

二度と会ってはいけない。『欲しい』なんて言葉を信じては駄目だ。

嬉しいなどと思ってはいけない。引きとめてはいけない——。

マクシミリアンの長い影が、薔薇の木の枝の向こうへ遠ざかってゆく。

苦しくて胸がつぶれてしまう。マリアもまた、彼に焦がれていたから。

気が付いたら、身体が勝手に立ち上がり、彼を追っていた。

マリアは駆け、その広い背中にぶつかって立ち止まる。手の中の鍵が地面に落ちて音を立てる。彼の上着の布地を握りしめる。

彼の体が強張った。

「マクシミリアンさま」

大きな背に額を押し付け、マリアは声を絞り出す。

「わたしも、同じです」

なんてことを口にしてしまったのか。恐れおののきながらマリアは唇を噛みしめる。それでも言わずにはいられなかった。

運河船の着く町で初めて会ったときから彼に惹《ひ》かれ、憧れ、再会できたことが嬉しかった。彼の父の後妻になってしまったことを一瞬でも後悔し、彼と踊る少女たちを心底羨《うらや》ましいと思った。

本来なら、一生言葉を交わすことすらなかったはずの間柄だ。

マクシミリアンの優雅な白い手と、自分の節張って荒れた手。決して触れ合うことなどなかっただろう。

左手にはめた指輪が暗く光る。ハインツの顔が脳裏に浮かんで、マリアは我に返る。

自分は汚らしい、浅ましい、畜生《ちくしょう》にも劣る淫乱だ。

「……ごめんなさい……」

頭を振ると、目尻から暖かい雫がこぼれた。彼から離れ、背を向ける。

「ごめんなさい、こんなこと、言うつもりじゃなかったんです。どうか忘れてください。わたし、どうかしている……」

顔を覆って必死に言い募り、今度はマリアがこの場から逃げようとする番だった。

遠ざかろうと一歩踏み出すが、腕を摑まれて止められる。勢いのまま身体を反転させられて彼に真正面から向き合う形になる。

「本気ですか」

厳しい目が睨み下ろしてくる。

マリアは顔を強張らせ、震える唇を嚙んだ。違うとも言えず、頷くこともできず、ただゆっくりとふた色の目を閉じた。

待っていたのは侮蔑《ぶべつ》の言葉だったのに、与えられたのはやさしい抱擁だった。

唇が重なった。マリアはもう動かなかった。

ふっくらとした弾力のある唇、温かく甘い舌の感触に首の付け根が震える。

「あ……、ふ……」

強い腕に抱き込まれ、胸をぴったりと合わせられてマリアはくちづけに溺れた。息苦しさと身体の芯を蝕《むしば》む熱に溶かされたように、腰が砕けて立っていられなくなる。ずるずると地面にくずおれながらマリアは腕を動かしてマクシミリアンに縋った。

「なぜ」

耳朶を甘嚙みしながら彼は呟く。

「なぜあなたなのか。俺は一生、結婚するつもりなど……」

言葉の終わりは熱い吐息になってマリアの耳に吹き込まれた。

「誰かを好きになるつもりなどなかったのに」

マリアは少し身を離して、両手で彼の顔を包んだ。細い輪郭に高い鼻梁、整った眉。ハインツとはまったく似ていないのに、声だけは聞きわけがつかないほどそっくりだった。

水色の虹彩《こうさい》の中で、その瞳は燃えていっそ紅《あか》に見える。

「あなたを愛している……」

マクシミリアンの告白に、ぞくりと身奥が疼いた。初めてハインツに愛を囁かれた時と全く同じだった。

マリアは奥歯を嚙みしめ、声を漏らした。

「地獄に落ちます……」

夫を裏切って息子と通じるなど、こんな罪深いことはない。

ハインツはマリアとマクシミリアンの仲を疑いながら、寛大に許し、マリアに再び平穏な暮らしを与えてくれた。マリアは一生をかけて心の不貞を償ってゆかねばならないのに、性懲《しょうこ》りもなくマクシミリアンの腕に身を委ねている。

マクシミリアンは言い切った。

「俺は天国も地獄も信じません。でもあなたと堕ちるならそれもいい」

彼の手がドレスの背にかかる。器用に釦を外し、首元を緩める。

襟ぐりを引き下ろされると、コルセットに押し上げられた乳房がシュミーズに包まれているのが露わになった。まるで男に触れられるために捧げられているようだ。絹の布地の上から舌を這わされ、その感触に声を上げてしまう。

「あっ……」

身体を見られるのが恥ずかしい。もう無垢ではなく、よりによって彼の父親に純潔を捧げ、夜毎《よごと》愛されつくした肌だった。

「こわい……」

マリアは知らず知らずのうちに呟いていた。ハインツに抱かれるときの安心感と快楽への後ろめたさとは違う、自分が変わってしまう不安と罪への怯えが胸を満たす。

マクシミリアンは顔を上げてマリアの口を塞ぐ。大きな手が零れてしまいそうなふたつの胸の膨らみを優しく包み、持ち上げ、揉みしだく。たったそれだけのことでペチコートの内側で下肢が濡れはじめるのを感じる。

「あっ、んん……」

彼の顔が首筋に埋まり、鎖骨《さこつ》のくぼみを舌で辿る。彼にはマリアの胸が壊れてしまいそうなほど強く鼓動しているのが手に取るようにわかるだろう。

自分は、夫の目を盗んで、初恋の人に抱かれようとしている……。

マクシミリアンがスカートを外し、コルセットに手をかけ、紐を解こうとする。

「だ――、だめ」

マリアは彼の手を拒んだ。

「なぜです」

「外さないで。これだけは……」

一度コルセットを外されてしまったら、自分では着けられない。ハインツとハンナの他の誰にも触らせたことがないのだ。すぐにふたりにわかってしまう。

それに、聖誕祭の日の朝、初めてハインツの手によってコルセットを締められたとき、彼に言われたのだ。

『毎朝、私が締めてあげるから、必ずコルセットを着けることだ。いいね』

夫ではない人に身を許そうとしているのに、そんな中途半端な形で約束を守ろうとするのが我ながら滑稽《こっけい》だと思う。

けれど、ハインツのことを思ったら、マクシミリアンにさえその場所に触れさせることはできなかった。

マクシミリアンは、きつく唇を噛んで目を鋭くさせている。

マリアは目を伏せ、彼の上着を肩から落とすと、彼にベンチに掛けるよう促した。自身はその足元に跪き、彼のトラウザーズの前に手を掛ける。

「何を……」

咎める声が聞こえないふりをして、彼の前立てをくつろげ、下着から熱い塊を取り出す。

口腔での愛撫は既にハインツに仕込まれていた。ハインツが喜んでくれるのが嬉しかったから、マクシミリアンのものもそうして愛したかった。

彼のためになら、できることは何でもしてあげたい。それで彼の寂しさや悲しみが少しでも埋まるなら、彼の慰めになるのなら、もう他のことはどうなってもかまわない。

「父は、あなたにこんな真似までさせるのか」

マクシミリアンに指摘され、マリアは頬を紅潮《こうちょう》させた。指と唇での愛撫は、孤児院にいた頃の自分なら、強いられても泣いて拒むようなことだった。

「おねがい、させてください」

マクシミリアンは気分を害したようだったけれど、マリアは重ねて懇願し、そのたくましい肉茎の先端に口をつける。驚くほど大きく、硬かった。先端の裏側の筋ばったところを丹念に舐め、くぼみに舌を這わす。頭上から押し殺した呻きが聞こえ、マリアは触れられてもいない自分の秘所がきゅんと締まるのを感じた。

「ンっ……ン」

喉奥深くに彼自身を招き入れ、右手で根元を支えながら頭を上下させて唇でしごく。彼に快感を与えることができていると思えば、えずきをこらえることなどなんでもない。

奉仕を続けながら、濡れた目で彼を見上げる。

彼は苦しげに、一心にマリアを見つめてくれていた。

「……マリア……」

掠れた声で名を呼ばれる。マリアは嬉しくて目を細め、ますます深くマクシミリアンを咥えこむ。しばらく夢中になってしゃぶっていると、彼の手がいきなりマリアの頭を引き剝がした。マリアの両脇に手を差し込んで、彼の膝の上に抱きあげた。

「あなたに触れたい」

言われて、マリアは目を潤ませる。けれど、もう愛撫される必要もないほどマリアのそこは濡れていた。とろとろとした蜜が溢れ、太ももの内側まで湿っているのが自分でもわかる。早くマクシミリアンの雄を受け入れたいと期待にひくついて、きゅうきゅうと締まる。

「いいの、もう、欲しい……」

彼に背を向け、ベンチの座面に手を突いた。コルセットを付けたままでは向かい合っては愛し合えない。しかし、コルセットを外すこともできない。

マリアは、自ら幾重にも重なった重たいペチコートをたぐる。それがマリアのできる精いっぱいだった。

マクシミリアンは深く吐息をつくと、後ろから覆いかぶさってくる。マリアをベンチの上で四つん這いにし、肘掛を摑ませて身体を支えさせ、腰を上げる格好にする。

ペチコートをめくり上げられ、コルセットの下からドロワーズをゆっくりと引き下ろされる。彼には、マリアの秘所がたっぷりと愛液をあふれさせて待っているのがわかってしまっただろう。淫らな女だと思われたかもしれない。

「来て……」

言うか言わずか、彼の手が後ろからマリアの顎を摑み、かみつくようなキスを仕掛ける。

マリアが必死になって応じている間に、マクシミリアンが背後から重なってきた。

「ああ——っ」

どぷりという音が聞こえる。傘の部分が入り口をくぐったその感触だけで、マリアは絶頂を迎えて腰を跳ねさせた。恋焦がれ、切望した人と繋がれる幸せに我を忘れた。

「あっ、だめ、動いたら、また……」

ゆっくりと一突きされ、マリアはまた軽く達した。

こんなにも乱れてしまうのは初めてだった。

両手で鉄の肘掛をぎゅっと握りしめる。満たされる感触に生理的な涙が浮かぶ。歪んだ視界に、緑柱石の結婚指輪が映った。ハインツの妻になってから、入浴の時と眠るとき以外は必ず身につけているものだ。ハインツに見られているかのような錯覚に陥り、全身が強張る。

「マリア、愛している」

低い囁きにぎゅっと目をつぶる。誰に言われているのか、どちらに抱かれているのか、一瞬だけわからなくなってしまう。

「んぁ……、あぁ、あ……」

「名前を呼んで。俺の名前を」

マリアは喘ぎを零す唇を震わせた。

「マクシミリアンさま……っ」

呼ぶことでようやく確認できる。自分を抱いているのはマクシミリアンだということを。

「もう一度。マックスと呼んでください」

「あ、あ……、マックス……」

消え入るような声で口にすると、彼は深く突き込んでくる。彼の充溢《じゅういつ》したものが最奥まで届くと、自分の子宮の入り口が肉棒の先端に吸いつき、やわやわと包むのがわかる。

「あぁ、やあ……」

そのまま彼が腰を摑んで小刻みに体を揺すると、振動が子宮全体に伝わり、得《え》も言われぬ悦《よろこ》びが脳天まで突き抜ける。自分が自分でなくなってしまうような凄まじい衝撃だった。

「いや、こわい……、奥が……」

「ここが、どうしたんです」

言いながら彼はゆっくりと腰を回し、子宮口を圧迫する。濡れそぼった柔肉が彼に絡みつき、絞るようにうねるのがわかる。

「だめ、動いたら……。あっ」

「奥がいいんですね。吸いついて、誘ってくる……っ」

彼はマリアが悦ぶ動きを徹底的に続けた。初めは小刻みに突き、最後にはずんずんと大胆に内臓全体を揺さぶる動きに変える。蜜壺は男のもので隅々まで広げられているのに、逆らうようにぎゅうっと、入っているものを締めつける。

「こんなの、初めて、おかしく……な……」

腰を支えるマクシミリアンの手が、コルセットをきつく握りしめる。

「く、堪《たま》らない、俺も――」

「あ、ああ――ッ」

ふたりは同時に極まった。

視界が真っ白に塗り替えられていく。これまで味わったことのない、想像もしたことの

ない深い幸福感が全身に染みわたる。

マクシミリアンはマリアの背にぴったりと覆いかぶさったまま、浅い呼吸を繰り返している。内部に彼を受け入れ、その迸《ほとばし》りを受け止めていると思っただけで、また花襞がじわじわと狭まり、勝手に快感を拾い出してしまう。欲望を吐きだしてもいっこうに萎えることのない若い肉棒の硬さを感じて、マリアはまた小さく達して彼の体の下で身ぶるいした。

このまま咥えこんでいたら、際限なくいってしまって、いつか頭がおかしくなってしまう。そう恐れるほど快楽が深かった。

マリアは目を閉じて、ベンチの上に崩れてしまう。衣服越しに彼の体の熱が伝わってくる。このまま溶けて、彼とひとつになってしまえたらいいと思う。

けれどそれは、どうしても叶わぬ夢だった。

4

マリアの膝に頭を乗せて、マクシミリアンが眠っている。

彼のさらさらとした黒髪を撫でる。白い耳、すっきりとした顎の線をたどり、唇に触れる。マリアは背を丸めて、彼の頬にくちづけた。

『一緒に暮らそう。父には俺から話します。仕事のことは心配しなくていい。誰も俺たちのことを知らない、外国に行ったっていい』

マクシミリアンはそう言ってくれた。

そんなことができたら、どんなにいいか。

マクシミリアンの言葉を信じないわけではなかった。生真面目で優しい彼が、一旦離れ諦めようとまでしたマリアのことを、もう手放さないと決意してくれた。それがどれだけ重いことかということはわかる。

嬉しくて、その一瞬だけ、彼の側に寄り添う自分の姿を夢想した。彼の妻にはなれなくても、ふたりで暮らすことはできるかもしれない。小さな家で、ふたりで働いて、使用人などいなくても、マリアは彼のために家のこともする。食事を作ったり、衣服を繕《つくろ》ったり、寝台を整えたり、――そんなふうにして、人目を忍んで生きていくことができるかもしれない。

喜びは指先から髪のひとすじまで満ちて、今だって、触れ合ったところからじんわりと温もりを分け合っていることが何よりの幸福だと思える。

けれど、恋しい人にこんな風に触れる機会は、きっともう二度とないだろう。

マクシミリアンとマリアは、もともと生きている世界が違う。どんなに手入れをしても貴婦人の手にはなれない自分と、生まれながらに人を支配できる立場のマクシミリアンの手が、今日のこのいっとき重なっただけでも奇跡のようなものだ。

マリアは、マクシミリアンの言葉に従うつもりはなかった。

自分と一緒にいたら、彼はファーレンホルスト家を捨て、父と決別し、妻にはなれない女をお荷物として抱え込むことになってしまう。それは、約束された将来を擲《なげう》ち、破滅するのと同じだ。

マリアは、神の御前で永遠を誓った、ハインツの妻だ。死ぬまで誓約を守らねばならない。

熱情に浮かされ、恋に溺れて犯した罪のあまりの重さにおののいて、マリアはこの屋敷から逃げ出してしまいたいとまで考えた。ふたりの目の前から姿を消して、ハインツとの結婚も、マクシミリアンとの道ならぬ恋も、この温室に置き去りにして。

マリアは小さく首を振る。

自分には行くところなどどこにもない。そして、万が一うまくどこかに逃げおおせたとしても、犯した罪がなくなるわけではない。残ったマクシミリアンに責任を負わせてしまうことになる。

彼を罪に誘ったのはマリアだった。

だから、マリアは彼の分までハインツに罪を告白し、罰を受けなくてはいけない。

ハインツは、親にさえ望まれなかったマリアを妻に選び、肯定してくれた人だ。マリアのすべてを受け止めて許してくれた人だ。

なぜ、マクシミリアンに抱かれる前に、過ちを犯す前に、この恋が成就することが夫の誇りを傷つけ、心を踏みにじることだと分からなかったのか。

――自分は、許されてはいけない。

そっと身体をずらし、彼の頭をベンチの座面に下ろす。膝掛けを拾い上げて砂を払い、マクシミリアンの体に掛けた。彼が目を覚ましていないことを確認して、その場を離れる。

ふたつの鍵を手に、マリアは温室を出た。そして外から鍵を掛けてしまう。これで、外から鍵を開けない限り、マクシミリアンは出られなくなる。

外は夕闇に沈みはじめていた。

背にした温室の硝子の壁が、西日を受けて赤く染まっている。

マリアの髪は僅かにほつれただけで、ドレスもほとんど汚れてはおらず、コルセットも締めたまま。何事もなかったと、温室では昼寝をしていただけだと、取り繕おうと思えばできたかもしれない。けれど、マリアにはそのつもりはなかった。

小走りで自室に戻ると、いつものようにハンナが迎えてくれた。

「お帰りなさいませ」

自分は彼女の信頼も裏切ってしまったと思うと、後ろめたさに俯いてしまいそうになる。けれど、マリアはもう決めていた。

「旦那さまは、今晩は外で会食なさるのでしたよね？」

尋ねると、ハンナは頷いた。

「はい。夜の九時ごろにお戻りかと……」

「そう……」

マリアは戻ってきたハインツに、全てを打ち明けるつもりだった。ここに嫁ぐ前にマクシミリアンに出会っていたこと、ハインツの妻でありながら彼に惹かれ、心だけでなく身体も裏切ってしまったことを。

教会に懺悔《ざんげ》するよりも、ハインツに告白し、断罪《だんざい》を待とうと思った。

「お帰りを待つわ」

マリアは長椅子に座り、目を閉じた。ハンナはそれ以上声をかけてこなかった。

本当なら、この部屋に戻る資格さえマリアにはありはしないのだ。

彼に与えられたもの全てを、返さなくてはならない。

罪を告白したら、ハインツは怒り、悲しみ、傷つくだろう。一度不問に付した罪を再び犯すような愚かな女を、いっときでも妻にしたことを後悔するだろう。

彼に相応しい妻になりたいと思っていた頃が遠い昔のことのように思える。マリアは彼の期待とは全く真逆のことをしてしまった。

殺されてしまっても仕方がないと思う。孤児院への寄付も打ち切られるだろう。自分の甘さと愚かしさを悔いることしかできない。

それでも、全てを失っても、一度、マクシミリアンに抱かれたかった。

そのとき、外から扉をノックする音がした。マクシミリアンではないはずだ。

「奥さま。アウロラさまがお見えになっていますが……」

アモンの声に、マリアは驚いて顔を上げた。

「応接間でお待ちですが、お会いになりますか？」

なぜ、よりによって今日、彼女が来たのだろう。ハインツはおらず、マクシミリアンもいないことになっている今、応対するのは自分しかいない。

怪訝に思いながら、はい、と答え、部屋を出る。ハンナが、冷えますから、と肩掛けを羽織らせてくれた。

一階に下りて応接間に入ると、暖炉の前の向かい合った椅子にか細い少女が腰かけているのが目に入る。既に陽が落ちているから、庭に面した掃き出し窓にはカーテンが掛けられていた。

アウロラは、マリアに背を向けた格好だ。

側のワゴンの上にお茶の支度が整えられていた。

「アウロラさん……？」

暖炉のあかあかとした火が、彼女の緋色《ひいろ》のドレスをさらに深く染め上げている。まるで血の色のようだ。

アウロラは立ち上がり、にっこりとほほ笑んだ。

「マリアさま。夜分に突然お邪魔して、申し訳ありません」

マリアは彼女に近づいた。

「どうなさったのですか……？」

マリアが尋ねると、アウロラは目を伏せた。大輪の薔薇が打ち萎れているかのようだ。

「ご相談したいことがあって……。内緒でお話ししたいのです」

マリアは頷いて、人払いをし、アウロラと向かい合って腰かけた。

彼女が話を切り出してくるのを待ったが、アウロラはしばらく黙り込んだままだった。

「……そうだった。わたくし、気持ちの落ち着くお茶を持ってきたのでしたわ。少し待ってくださいませ」

そう言って、アウロラは使用人の手も借りずに紅茶を淹れはじめた。小さく可憐な手が美しい仕草で茶葉を掬い、ポットに湯を入れる。

「父の会社の新製品で、まだお店にも出していませんの」

歌うような声で言いながら彼女はポットからカップに紅茶を注ぐ。甘い香りが部屋に広がる。

「どうぞ、召し上がって」

アウロラは微笑んで言った。

しかし、マリアはものを口に入れる気にはどうしてもならなかった。

「ごめんなさい、わたし、まだ今は……」

「どうか、召し上がって」

強い口調で言われ、マリアはソーサーに手を伸ばしかけた。お茶はふわふわと湯気を立てている。

何気なく目を上げる。

彼女の緑色の瞳が、じっとマリアの手元に注がれていた。

「あの、アウロラさん。どうかなさったのですか？」

彼女ははっとして、口元にいつもの微笑を浮かべようとした。

けれど、その顔は強張り、眉は吊り上がったまま、マリアが見たこともない表情になった。

嗤《わら》っている、という表現が相応しいのかもしれない。

「アウロラさん……？」

「気易《きやす》く、呼ばないでくださる？」

静かな、冷たい声にマリアは目を瞠る。

「ああ、忌々しい。もっと早く来るべきでしたわ。でも、今日にしなければいけないと思って。……初めからあなたには嫌な予感がしていましたの。あの聖誕祭の日から」

淡々と彼女は言った。目だけを動かしてマリアを見る。ハインツと同じ色の瞳だ。

「今日、マックスの荷物が全てこの屋敷から運び出される。その日に、義理の息子への道ならぬ恋に身を焦がしたファーレンホルスト夫人が絶望して自殺する。きっと新聞沙汰ね、おじさまの見つけたマックスの婚約者候補たちもたちまち逃げ出すわ。素敵」

アウロラの言葉に、マリアの理解はついてゆけない。

道ならぬ恋と彼女は言った。ハインツ以外の誰にも気づかれていないと思っていたのに。

「なにを……」

「愚かな人。キルマイヤー邸でのやり取りを聞かれていたことにお気づきにならなかったの？」

マリアは椅子に腰かけたまま動くことができなかった。

いつも微笑みを絶やさず、しとやかで優しい普段のアウロラの様子からは想像できないほど豹変《ひょうへん》した姿だった。

「わたくしのマックスに、よくもけがらわしい真似をしてくれましたわね。あなたがあんまり無様《ぶざま》に振る舞うから、おじさまがマックスを屋敷から出して婚約させようなどと余計なことをなさったのよ。まあ、そこまでの仲になったあなたを亡くしたら、マックスはあのとき以上に傷つくから、よいのだけれど」

　あのときとは、マクシミリアンの母が自殺したときのことだろう。

「何を言っているの……？」

「お話しして差し上げたでしょう？　わたくしはマックスと兄妹のように育ったと。いつか花嫁になりたいと願っていたと。諦めたことなどなかったわ。あなたが現れるまでは、マックスが誰のことも愛さなくてもわたくしだけは特別だった。夜会で誰と踊っても、マックスは最後にはわたくしをエスコートしてくれていたの」

「何かの冗談でしょう……？　アウロラさんは、初めて会ったとき、優しくしてくれたではないですか。お母様からわたしを庇《かば》って……」

「おじさまに取り入るためよ。ゲルダさまの誕生日のお祝いのときにあなたに近づいたのも、母の失態を挽回して少しでもマックスに会う回数を増やしたかったから。なのに、あなたに肩に触られたときはぞっとして涙が出そうだったわ」

　アウロラは、マリアのカップを手に取り、押し付けてくる。

「わたくし決めていましたの。あのときわたくしはあんまり幼くて、何もしてあげられなかったから、『次』にはきっとマックスの側にいて慰めて、すっかり心をわたくしのものにしてしまおうって」

　次とは、マクシミリアンが再び、親しい誰かを失う機会のことだ。

「一度失敗してしまったから、わたくし、その機会をずっと待っていましたの。あの汚らしい犬たちが屋敷に来たばかりの頃、マックスにあんまり懐いて煩わしいから、毒入りの餌を食べさせて始末しようとしたことがあるの。でも二頭とも警戒心が強くって、わたくしが近づくだけで唸って吠えるようになってしまった。……あなたのおつむの出来は、犬畜生にも劣るということね」

マリアは、アウロラが黒い犬たちに近づかなかったわけにようやく気づいた。何てむごいことを言うのだろうと慄然《りつぜん》とする。

「だから、マリアさま、このお茶を飲んで、命を絶ってくださらない？」

アウロラは小さな白い手を開き、てのひらの上のものを卓上に置いた。硝子細工の繊細な小壜《こびん》に、無色で透明な液体が半分ほど入っている。もう半分がこのお茶に仕込まれているのだろう。

「だいじょうぶ、苦しまずに死ねます」

彼女はゆらりと立ち上がり、いつの間にかマリアの背後に立っていた。その手がマリアの肩掛けを落とし、両肩に置かれる。

「毒なんて、いったいどうやって……」

マリアが震える声で尋ねると、背後でアウロラが笑んだ気配があった。

「清々しいほど物を知らないのね。こんなもの、ファーレンホルスト家の名を出せば、わたくしのような小娘でも簡単に手に入れられるのよ」

細い指がマリアの肌を辿り、首を上がって喉元に触れる。ぞっとするほど冷たかった。

「自分でもわかっているでしょう？　親の顔も名前もわからない身で、おじさまの妻になったこと自体間違っていたのよ。ファーレンホルスト家にそんな人間はいらないわ。挙句の果てにマックスを誘惑するなんて。あなたのような女、生まれてきたことそのものが罪深いの」

マリアはアウロラから逃れようとした。

けれど、生まれてきたことが罪だという言葉に、身動きができなくなる。

「わたくしの母は、おじさまの財産に目がくらんで、表立ってそういうことを軽々しく口にしてしまう愚かな女なの。マックスを手に入れさえすればお金なんてどうでもいいのに、母のせいでわたくしの努力が水の泡。でももういいわ、こうして、扱いやすいあなたひとりをどうにかすればいいことがわかったのだもの」

氷のような指がマリアの喉に包むように回される。

「ねえ、どのみちあなたはお仕舞いよ。わたくし、おじさまにキルマイヤー邸でのことを密告する手紙を書いたの。そろそろおじさまの手元に届く頃よ。だから、あなたには今死んでもらって、マックスの心に消えない傷をつけていってほしいの」

マリアはごくりと唾を飲んだ。

自分が孤児だということも、身分不相応な結婚をしてハインツに不当なほどよくしてもらっていることも本当だ。マクシミリアンと道ならぬ恋に落ち、裁かれねばならないのも。

それでも、マリアはアウロラに反論したかった。

マリアは口を開く。

「マックスを手に入れるために、わたしを殺すと言うの？　マックスを傷つけて、その傷につけいるために……」

「それが結果的にはおじさまにもマックスにも最善なの」

たおやかで可憐だった少女が、今は冷たい憎悪に横顔を歪ませて、その影もない。

「あなたという邪魔が入ってわたくしの計画が狂ってしまった。わたくしがこの年齢までおじさまの持ってきてくださる縁談をお断りし続けてきたのは、いつかマックスの妻になるためだったというのに。ねえ、あなたに、この家の家政や社の事業のことが判《わか》る？　お茶会や夜会を主催できる？　ピアノは弾ける？　この家のために、おじさまとマックスのために一体何ができて？」

狂っていると思った。マクシミリアンが幼い頃に母を自殺で亡くし、生涯結婚しないと誓うほどに深く傷つき、今も苦しんでいるのを知ってなお、さらに傷つけるために自分を殺すというのか。

「遺書はいらないでしょう？　わたくしが遺言を聞いたことにしてあげる。興味もないけれど、あなた、読み書きができないかもしれないし」

アウロラが背後からマリアの体越しにカップを取り、マリアの口元まで持ち上げる。

マリアは震える手をどうにか動かして、そのカップを振り払う。熱いお茶がびしゃりと膝にかかり、カップが床を転げてゆく。マリアは立ち上がり、アウロラに対峙する。

「そんなことはしないわ」

怒りのあまり歯の根が合わない。

「自分で死にも、あなたに殺されもしないわ。わたしは旦那さまに裁いていただくの」

マリアは強くそう言い切った。

よこしまな自分の罪を裁く権利があるのは、アウロラでもなければ、神でもない。マリアの夫であるハインツひとりだけだ。

ハインツに償うためになら、マリアは彼の手で殺されてしまってもかまわない。

ふふ、と吐息だけでアウロラは笑い、腰のあたりから小さな刃物を取り出した。

「そう。思ったよりも図太い上に、ものわかりの悪い人ね」

マリアを殺す用意を周到に重ねているアウロラの殺意に、マリアはぞっとする。

「そんなものまで――」

「毒が嫌なら、自分で喉を突いたことにしてあげる。おばさまと同じ飛び降りが効果的だと思っていたけれど、残念ながらここは一階だし」

冷たい刃先がぴたりと首筋に押し付けられる。

そのとき、慌ただしい足音が廊下から聞こえてきた。扉に誰かの手がかかるのと、アウロラの手がマリアをとらえるのとがほぼ同時だった。

踏みこんできたのはマクシミリアンだった。その背後にアモンが立っている。

「アウロラ。何をしている」

マクシミリアンは、アウロラと、彼女の腕の中のマリアを見て言った。そして、こちらには聞こえないようにアモンに何か命じたあと、向き直る。

「どういうつもりだ」

ナイフを握る白い手が大きくぶれている。アウロラが動揺しているのがはっきりとわかった。震える声で彼女は言った。

「マックス、あなた、この家を出て行ったのではなかったの」

「何をしているのか聞いているんだ。とにかく、すぐにマリアを放せ」

「嫌よ。この人には死んでもらうの」

駄々っ子のようにアウロラは叫んだ。先程までマリアに滔々《とうとう》と語っていた時とは別人のように幼い声だ。

「死んでもらわなきゃわたくしの夢は叶わないの。あなたには、わたくし以上に近しい女はいらない。こんな女にキスするなんて許せない」

マクシミリアンは眉を寄せる。

「マリアのことはおまえに関係ない」

その短い一言にアウロラは身を大きく震わせた。

「関係なくないわ！　わたくしにはあなたと同じ血が流れてる。ずっとあなたを愛してきたの。ねえ、マックス、目を覚まして。こんな女、ドブネズミと同じじよ。わたくしたちとは体に流れてる血の色が違う。生きてる世界が別なのよ」

マクシミリアンは目を眇めて押し黙る。

拘束されたマリアと彼の視線が交わった。彼は微かに顎を引いて、大丈夫だから、と言うように目配せしてきた。

「アウロラ。血の繋がりがそんなに尊《とうと》いのなら、俺の母はなぜ俺を捨てて死んだ？」

苦しげな声だった。未だに心の傷を抱える彼の生々しい叫びだった。

マリアは思わず涙ぐんでしまう。

アウロラが背後で息を呑んだ。

「血の繋がりなど関係ない。親も兄弟も、妻も、俺には要らないんだ。でもひとりだけ欲しいと思う人ができた。その人が俺を愛してくれたら、もう何を失ってもかまわない」

「それがこの女と言うわけ……？」

アウロラの問いに、迷わずマクシミリアンは頷いた。

「そうだ」

アウロラは無言で激昂し、ナイフを振り上げる。

その瞬間、マクシミリアンの背後から、黒いふたつの大きな影が飛び出した。

ぎゃあっという断末魔《だんまつま》のような声が部屋に響く。黒い獣の一頭がアウロラの手に噛みつき、もう一頭がマリアごと彼女にぶつかった。アウロラの体はのたうって床に倒れた。

マクシミリアンは二頭の猟犬をアウロラにけしかけたのだ。

マリアに乗り上げた一頭が、嬉しそうに顔を舐めてくる。

一方で、アウロラに噛みついている方は彼女の白い右手首を放さない。

マクシミリアンが駆け寄ってくる。マリアは彼の強い腕に助け起こされた。

「大丈夫ですか！」

「はい、わたしは……」

安堵したのも束《つか》の間のこと。

マリアは、マクシミリアンの肩越しに、アウロラが犬を振り払い、ナイフを持ちかえてこちらに近づいてくるのが見えた。

幽鬼《ゆうき》のように揺れながら、楽しげな声で彼女は言った。

「他の女を抱くくらいなら、わたくしがあなたを殺すわ……」

制止しようとするアモンも間に合わない。

このままではマクシミリアンが刺される。

「だめ！」

マリアは思わず叫び出し、身を動かしていた。

床に這いつくばってマクシミリアンを押しのけ、彼とアウロラの間に入った。

刃物は腰をめがけて下ろされたが、コルセットに阻まれて跳ね返った。もう一度アウロラがナイフをかざしたので、マリアはマクシミリアンの背中に覆いかぶさった。

鋭い激痛が左肩を襲う。

温かいものがそこから溢れ、ドレスの袖を伝って床を濡らした。

アモンが駆け寄って来て、アウロラを取り押さえる。

マリアは、マクシミリアンに抱き留められながら、薄れてゆく意識の中で、自分の血がとめどなく流れ出してゆくのを感じていた。


翌日になって、マリアは薬による深い眠りから目覚めた。

左肩に刺し傷を負ったマリアは、母屋の自室ではなく、かつて滞在したことのある離れで治療を受けることになった。医師の出入りがしやすいことと、最低限の人数の使用人だけでマリアの世話をすることを理由にしたハインツの采配だった。

ハインツは離れにはやってこなかった。

マクシミリアンがどうしているかも、マリアは誰にも聞かなかった。ただ、彼がアウロラによって傷つけられることがなかったという事実だけでマリアは満足していた。

アウロラは、神経衰弱が甚《はなは》だしく、また親族間での刃傷沙汰《にんじょうざた》を公にすることを避けるためもあって、ハインツの手配により田舎の病院に入院しているという。アウロラの母であるヴェロニカも付き添って行き、残されたヴェロニカの夫は商売を畳んでしまったらしい。

離れで療養している間、マリアはずっとアウロラのことを考えていた。初めて会ったときの聡明そうな瞳、可憐で優しげな声が忘れられなかった。あれがすべて、マクシミリアンを手に入れるための計算に基づく手管だったと思いたくはなかったが、事実には違いなかった。

医師がマリアの肩の包帯を解いたのは、けがを負わされてからふた月が経った安息日の昼餐《ちゅうさん》前のこと。

窓の外は、すっかり春の季節を迎えていた。木々の柔らかい新緑が目を楽しませ、小鳥のさえずりは心地よい音楽のようだ。

マリアは、自分がこの屋敷にやって来てから、まだたったひと冬しか経っていないことに驚きを覚える。そして、この春を最後にここを出てゆかねばならないだろう。

マリアはハンナに手伝ってもらいながら、夜着を脱いだ。シュミーズから覗く左肩には、生々しい傷跡が残っている。医者は、傷は腕の筋には達していないが、跡は一生消えないだろうと言った。ハンナは痛ましげな顔をしながらコルセットを締め、室内着を着せてくれた。

ハンナに付き添われ、久しぶりに母屋に入る。

マリアはハインツの部屋に呼ばれていた。もうふた月立ち入っていない夫婦の寝室の向こう側にある部屋だ。マリアは入ったことがなかった。

階段を上がって廊下を抜け、ひときわ大きく立派な扉の前に立った。ノックすると、中から、どうぞ、と低い声が聞こえた。

マリアが入ると、長椅子に掛けていたハインツが立ち上がる。その顔は穏やかだ。

「具合はどうだ」

労わりの言葉をかけられ、マリアは自分の胸が罪悪感と後悔に引き攣《つ》れるのを感じた。

「はい。今日、先生に包帯を外していただきました」

ハインツはアウロラからの手紙によって、キルマイヤー邸でマリアとマクシミリアンがくちづけを交わしたことを知っている。ふた月前に屋敷の応接間で起こったことはアモンたちから聞いている。そして、マリアが犯した決定的な不貞の事実も承知しているはずだ。それにもかかわらず、平静な態度で接してくれるのが申し訳なかった。

「怪我人が立ちっ放しではいけない。座りなさい」

ハインツはそう言って、マリアに自分の向かいの椅子を勧める。

マリアは小さく首を振った。

「いいえ、旦那さま。わたしには、座る資格はありません。本当なら、こうして、お部屋に入れていただいて、お話しすることも許されません」

そう思って、結婚指輪も外してきたのだ。着ているドレス、履いている靴、全てはぎ取られても仕方がないのだ。

ハインツの緑色の目が細く眇められる。

「なぜ？」

逆に尋ねられてしまい、マリアは目を瞬かせた。顎を引き、頭ひとつ半分背の高い彼の顔を真っ直ぐに見つめた。ゆっくりと口を開く。

「わたしは、マクシミリアンさまと通じました」

噛みしめるように告白した。ハインツは黙って聞いている。

「無理強いをされたり、マクシミリアンさまから誘われたのではありません。わたしが、自分の意思で旦那さまを裏切りました」

「望んで抱かれたというのだね」

ハインツの言葉に、マリアは頷いた。

「……そうです」

ハインツは口元を歪め、ゆっくりと長椅子に腰を下ろした。長い脚を持て余すように組み、マリアを見上げる。

「それを告白して、私にどうしろと言うのかね。寝取られ男の看板を首から下げて歩けとでも？」

ハインツは自分を嘲笑うように首を傾げる。

それが彼の心を、誇りを傷つけた何よりの証拠だった。

「結局、私は神の前で娶った妻ふたりともに愛されずじまい、逃げられ損というわけだ。金で妻を買うような男には相応しい結末かもしれないね」

彼の深い色の目が寂しげに潤む。

マリアははっとして目を伏せた。

突き放されることも、罵《ののし》られることも覚悟のうえだった。でも、愚かしくも、ハインツが苦しげな表情で自嘲《じちょう》するなどということには思い至らなかったのだ。マリアにとってハインツはあまりに強く、大きくて、弱いところのある人のように見えなかった。以前に見せた嫉妬も、マリアに加えた仕置きも、支配者としてのものだと思っていたけれど、そうではなかったのだ。彼は、自分が年上の夫だからと、マリアを不安にさせず、守ろうとしていてくれただけだ。

半年近くも妻として側にいながら、自分は本当に何もわかっていなかった。そのうえ彼の目を盗んで密通し、今日、妻という肩書さえ手放そうとしている。

強烈な後悔に、マリアはその場で膝を折り、教会でするように床に跪いた。

「お詫びの言葉もありません。お許しいただけることではないとわかっています。旦那さまのおっしゃる通りの罰を受けます。……どんなことでも」

「どんなことでもなどと、軽々しく言うものではない」

マリアは真っ直ぐに定めた視線を揺らさなかった。

「例えば、私が、これまでおまえに与えたものを全て取り上げて、その代金を返させるためにおまえを娼館に売ったとしても？　孤児院への寄付を打ち切ると言っても？　――マクシミリアンには二度と会えないようにしてしまっても、黙って私に従い、死ぬまで恨まないと誓えるかね」

ハインツは噛んで含めるように言った。

彼が言うことは、当然の報《むく》いだと思った。

「……旦那さまのお気の済むまで、どんなことでもします」

マリアが頷くと、ハインツにはもうそれ以上マリアの甘さを咎めるつもりもなくなったようだった。

深く、一度だけため息をつく。

「そう。だが、あいにく、私にはそのつもりはないんだ」

そう言って、側の脇机《わきづくえ》に目を移す。その上には天鵞絨張りの平たい小箱が載っている。マリアにも見覚えのあるものだった。彼は小箱に手を伸ばし、引き寄せて、マリアに向けて蓋を開いた。

マリアの目の色に合わせて彼が作ってくれた、ふた色の耳飾りだった。

「おまえに、選ばせてあげよう」

ハインツは優しい声で言った。マリアはその意味をはかりかね、目を上げる。

「こちらは、結婚指輪と同じ石。こちらは、おまえの恋しい男の目の色の石」

初めに緑柱石、次に藍玉を示す。

ふたつがそれぞれ、緑の目のハインツと、水色の目のマクシミリアンを指すのは明らかだ。

「このふたつのうちの、どちらかをあげよう。どちらかの男というおまけつきで」

語り掛ける口調に、マリアは戸惑いを覚える。

「……おっしゃっていることがわかりません……」

ハインツの声はなめらかで、和やかだ。初夜の寝台の中でそうだったように。

「マリア。私はおまえより二十歳以上も年上なうえ、孤児院への寄付金と引き換えにおまえを買ったようなものだ。恋を知らないおまえが、似合いの男を愛するようになったのは当然の成り行きかもしれない」

マリアは信じられずに目を瞠った。

「私の初めの妻はね、私に売られるように嫁いだことに絶望して死んだんだ。マックスという忘れ形見を残してね。今度のことは、死んだ彼女が私に十数年越しの罰を下したのではないかとさえ思うよ」

マリアは、違う、と言いたかった。先妻の死に傷ついた人はマクシミリアンだけではないだろう。結婚の記念に妻に美しい温室を贈るような優しい人が、その死に心を痛めないはずがなかったのに。

けれど、言葉にはならず、マリアは唇を震わすことしかできなかった。

「ふた月前、マックスは、私におまえをくれと言うつもりだったそうだ。アウロラのことさえなければ、許すことなど決してなかった。だが、マックスを庇って刺されたおまえを見て考えが変わったよ。今、おまえがマックスを選ぶなら、私は黙って見送ろう。離婚してやれないことは聖教徒のおまえなら重々承知しているだろうが、どこかでふたりひっそりと暮らすことはできるだろう」

聖教は離婚を許さない。

マリアはハインツと、死がふたりをわかつまでの、永遠を誓ったのだ。

「だが、おまえが私を選んで、側にいてくれると言うのなら、マックスと二度と会わないと誓ってくれるのなら、今回のことは忘れる」

マリアは息を呑んだ。

「どうして……」

マリアは思わず呟いて、目を潤ませた。どうしてそんなにも寛大になれるのか。

「愛しているから」

返ってきた言葉に、マリアははっと目を上げた。

「幸せになってほしいからだ。さあ、選んでおくれ」

ハインツはそう言って、跪くマリアに耳飾りの箱を手渡してくる。

マリアは震える両手で箱を受け取った。

二色の宝石は、時を止めたかのように、贈られた日そのままの輝きを放っていた。

ふた色はマリアの瞳の色。

悪魔が取り換えたと忌み嫌われたこの目のために、ハインツに見出され、マクシミリアンにも会うことができた。ふたりは、孤独なマリアに安心して眠れる場所を与え、家族になってくれた。そして、一生知ることなどなかったはずの、燃えるような恋を教えた。

妻の裏切りを不問に付し、息子とともに出てゆくことまで許そうと言う夫。

一度抱かれたというのに夫のもとに戻った女を、それでも欲しいと言ってくれる恋人。誰にも許されないとわかっていても、マリアには、ふたりが愛おしかった。

(でも、わたしには、ふたりに愛される価値などない)

マリアは膝から力が抜けていくのを感じながら、箱の中で眠る耳飾りを見つめた。床にお尻をつくような格好になってしまう。

マリアは左手で箱の下部を支え、右手をおそるおそるその中身に伸ばした。

どちらかを選べば、選ばなかった方には一生顔を合わすことはできない。そしてきっと、崩れてほとんどなくなりかけた父子関係は決定的に決裂するだろう。

マリアは、そっと、箱の蓋を閉じた。そして、それをそのままハインツに差し出した。

ハインツは、しばらく黙ってマリアの手元を見つめていた。

やがて、地を這うような声が問うてきた。

「どういうつもりだ」

マリアは涙をこらえながら、ひたむきに夫を見つめた。これが彼とマクシミリアンへの誠意だと思った。

「どちらも要らないというのかね」

彼は呆れたような顔でマリアを見下ろす。その表情に初めて怒りが見て取れた。

「私たちは、もしかしてとてつもない悪女に騙されていたのかな。どちらも愛していないというのだから」

マリアは首を振り、ハインツの膝に取り縋った。

「ちがいます。おふたりともをお慕いしています。……こんなことを言うのもおこがましいですが、わたしは、おふたりにご家族でいてほしいのです。わたしはいなくなっても……」

だから、とマリアは言い継いだ。

「お願いです。旦那さま、旦那さまのお気が済むまでわたしを罰してください。マクシミリアンさまの分も、すべて。それが、旦那さまの妻にしていただいた責任を捨てて、信頼を裏切った報いです」

「マックスの分とおまえは言うが、あれはあれで、自分がおまえを誘惑した、攫おうとしたと言っていたよ。それに、アウロラを屋敷に入れて、おまえたちを危険に晒したアモンたちの落ち度はどうだ」

マリアは言葉に詰まってしまう。

「それもすべておまえが被ると言うのなら、虫のいい、お門《かど》違いな話だ。忘れてはいないだろう？　あのとき言ったはずだよ、次はないと」

ハインツの言う通りだった。

マリアの思慮が浅かったのだ。責任など取れる立場ではないのに、傲慢なことを口にしてしまった。それでもマリアは彼にお願いした。

「旦那さま……」

彼のトラウザーズの布地を握り締め、マリアは消え入るような声で呼んだ。

ハインツが深く、ひとつ、ため息を吐いた。

「そこまで言うのなら、いいだろう」

マリアはその言葉に目を上げる。

「これから私の命じること全てに従うと誓えるかね。甘んじてこの罰を受けると言うのなら、アモンをはじめ使用人たちは咎めないでおいてやる。もちろんマックスもだ」

マリアは信じられない思いで、ゆっくりと頷いた。

「はい。……旦那さまのおっしゃる通りに」

マリアは目を閉じた。涙が一筋頬を流れた。

「神に救いを求めるおまえには、あるいは追い出されるより耐えがたいことになるかもしれないね」

何を命じられるのだろうと、ハインツの言葉を待つ。

ハインツは脇机の上の呼び鈴を短く鳴らした。しばらくしてふたり分の足音が近づいてきて、扉がノックされた。ハインツの返事を待って扉を開けたのはアモンで、続いて入ってきたのはマクシミリアンだった。マリアは思わず立ち上がりかけてしまう。

硬い表情のマクシミリアンに、ハインツが声をかける。

「マリアは、どちらも選ばないそうだ」

マクシミリアンは無言で眉根を寄せ、ハインツの膝に手を掛けているマリアを見つめる。

アモンの姿はいつの間にか消えていた。

その様子を横目に見ながら、ハインツが言う。

「残念だが、引き分けだ」

「そのようですね」

状況についてゆけずに戸惑っているマリアに、ハインツが王のように宣告する。

「マリア。これは罰だから、もうおまえに拒む自由はやらない。逃げるのも許さない」

ハインツの手がマリアの顎を摑む。親指がマリアの唇を愛おしげになぞった。

深い緑色の残酷な目が覗きこんでくる。

「おまえはこれから先、私たちふたりの側にいて、慰め、愛し、抱かれて、悩み苦しむんだよ。身と心をふたつに裂かれるようにね」

マクシミリアンが無言でマリアに近づき、その背後に跪く。後ろから強い腕に抱きすくめられ、マリアはびくっと身を震わせた。

「あっ……」

「傷を見せてください」

背後から耳元に囁かれ、ぞくりとしたものがうなじを這う。乾いた指がドレスの背中を開け、ボディスを引き剝がす。上半身を下着とコルセットだけの格好にされ、シュミーズの肩ひもを下げられれば、アウロラに刺された左肩が露わになる。

「ひどい傷だ」

　ハインツが、痛ましげに言う。

　白い肌には桃色の生々しい傷跡が浮かんでいる。鉤爪で引き裂かれた跡のようにも見えるだろう。

「まだ、痛むのですか」

　今度はマクシミリアンに尋ねられる。うまくこの状態を受け止められないマリアは、ひたすらまごついて、ふたりの男に挟まれてされるがままでいるしかない。

　傷跡に、何か温かい、柔らかいものが触れた。ぴりっとした疼きがあった。マクシミリアンが左肩に唇で触れている。

「すまない……」

　掠れ声でマクシミリアンは言った。

「傷を付ける原因になった男が、よくも言えたものだ」

　剣呑《けんのん》な言葉は、ハインツから息子に向けられたもの。

「どうして……、どうして、こんな……」

　唇をわななかせるマリアの言葉に聞こえないふりをして、マクシミリアンが首筋にくちづけを落とす。

　ハインツは肘掛に頬杖をついたまま、義理の息子に抱きしめられる妻を見下ろしている。

「マックスはおまえが嫁いでくる前から言っていたんだ。自分は一生結婚はしない、だから私が再婚して子供を作ることに賛成すると」

それは、マクシミリアンが母親のことで悩み、決めたことだったのだろう。

マクシミリアンがハインツの後を引き取ってマリアに聞かせる。

「その代わりに、父は俺にこう約束しました。それでもいつか俺に欲しいと思う女ができたら、どんな女でも協力は惜しまないから、金でも伝手《つて》でも何でも使って手に入れろ、と」

聞く限りでは、互いの幸福を願う父子の美しい会話のように思える。

きょとんとするマリアに、マクシミリアンが囁く。

「わかりませんか」

ハインツがマリアの髪を撫で、指で目元に触れる。

「結果的に私たちは相容《あいい》れない約束をしてしまったことになるんだよ。何せ、その女は同一人物だったのだから」

おまえのことだよ、とハインツは言った。

マクシミリアンが左肩の傷跡にくちづけ、鎖骨の上に次々と唇を落としていく。

「今日、あなたがここに来る前に、父と話したのです。あなたがどちらかを選んだら、選ばれなかった方は潔く身を引く。ただし、どちらも選ばなかったら、そのときはあなたをこの場でふたりのものにする」

「おまえを譲っても負け、譲られても負けなのだから仕方ないだろう。この結果は不本意極まりないがね。そういうわけだから、もう拒んでも今更だ。おまえの了承は取らないよ」

マクシミリアンはコルセットの紐に手を掛ける。ハインツとハンナしか触れられない場所だ。かつて一度だけマクシミリアンに紐を切ってもらったことがあったが、もしかするとそれがハインツの嫉妬の原因だったのではないかとも思う。

「あ……、だめです、コルセットは……」

マクシミリアンはマリアの制止など気にも留めずにしゅるしゅると紐を解きはじめる。

「この間も、取るのを許してくれませんでしたね」

マクシミリアンは責めるように言う。ふた月前、彼に肌を許したときでさえ、コルセットだけは外さなかったのだ。なのに、ハインツは見ているだけでマクシミリアンを止めようとはしない。

衣ずれの音にマリアは目元を赤くする。マクシミリアンに解かれていると思うと、恥ずかしく、同時に嬉しいと思う気持ちがどこからか湧いてくる。不謹慎極《ふきんしん》まりないと思う。

「旦那さま……」

ハインツのシャツの胸元に縋りつくと、その手をハインツに押しのけられる。

「あっ……」

ハインツは、コルセットに持ちあげられたマリアの乳房をシュミーズ越しに愛撫しはじめたのだ。絹の薄い布地は、濃い桃色の乳頭をすっかり透かしている。そこはこりこりと抓《つま》まれ、形をなぞられると、反射のように硬く立ち上がってしまう。

「ん……、んっ……」

背後ではすっかり締め紐を解かれてしまった。潤んだ目でハインツを見上げれば、彼の緑柱石の目が嫉妬に揺らめいている。

「マックス。私の前で外していいのは今日だけだ」

ハインツが牽制《けんせい》する。マクシミリアンはむっとした様子でマリアの腰を引き寄せる。

「目の前でなければ良いんですね？」

「マクシミリアンさま……っ」

コルセットが腰に纏わりついた状態のまま、ペチコートを捲り上げられる。ドロワーズにマクシミリアンの手が掛かり、一気に引き下ろされる。露わになった太ももを割ってマクシミリアンの膝が入り込んできた。

「物覚えの悪い人だ。マックスと呼ぶように言ったでしょう」

肩越しに回されたマクシミリアンの手がマリアの顎を摑み、強引に後ろを向かせる。噛みつくようにくちづけられ、舌を絡められた。

「やぁ……、あ、ふ……」

深いキスを続けながら、マクシミリアンはマリアの頭をとらえているのとは反対の手を下肢に伸ばしてくる。

「あ、んッ」

前から割れ目に触れられ、マリアはびくんと腰を跳ねさせた。そこは、いやがるマリアの意思を裏切って、すっかり濡れそぼっていた。ぬめりを掬い取った指先で肉の粒を二、三度撫でられただけで、花弁のあわいがいっそう濃い蜜を溢れさせる。

「入れますよ。こんなに滴っているのだから、大丈夫でしょう？」

「あ、いや……、こんなの……、おかしいです……」

「何がおかしい？」

問うハインツの声に、マリアはぎゅっと目をつぶる。

「旦那さまの前で……、マックスと、こんなこと……」

「おまえは本当に可愛いね。すぐに私も抱いてあげるよ」

ハインツが宥めるように言い、マリアのシュミーズを引き下ろして乳房にくちづける。きつく吸われると肌の上に赤い花弁のように鬱血《うっけつ》が散った。

「そんな、ふたりともとなんて……、神様が、お許しにならな……」

苛立ったようにマクシミリアンが呻く。

「言ったでしょう。神は信じていないと。それに、あなたも同罪だ」

「……あぁ……っ！」

背後で衣ずれの音がして、すぐに、マクシミリアンの剛直がマリアの蜜壺に突きいれられた。

「あ……、あぁ……」

最奥まで一息に貫かれ、マリアはハインツの腕の中で大きく震える。マクシミリアンに初めて抱かれたときと同じように、奥に届いただけで絶頂を迎えてしまったのだ。

「マリア、もういったのかね？」

ハインツが頬を擦りつけてくる。そり残した髭《ひげ》の感触がもどかしく、マリアは彼の唇を求めてしまう。

「ん……」

胎内にマクシミリアンの楔《くさび》を迎え入れ、唇でハインツの舌を受け入れる。

「悔しいね。おまえにこの味を教えるのは私のはずだったんだが」

「教える……？」

マリアが快楽に浮かされた声で繰り返すと、ハインツは苦笑しながら、マリアの下腹に触れてくる。マクシミリアンを受け入れている場所を外からなぞるように撫でおろす。

「子宮の入り口を突かれると、女は際限なく気持ちよくなれる。だが、誰でもすぐになれるわけじゃない。開発者次第だ」

待っていたのに、と零して、ハインツがもどかしげに舌を絡め、口腔をかきまわしてくる。一方、マクシミリアンは自らのために腰を揺すりはじめていた。

「……よく濡れて、締まる……」

呻くマクシミリアンに、ハインツが苦々しげに言い放つ。

「私の仕込みがいいからだ。初めて抱いたのは私だからね」

その応酬《おうしゅう》を聞きながら、マリアは貪り食うようなふたりに翻弄されていた。マリアの弱

いところを了知したマクシミリアンが繰り出す執拗な抽送に、否が応にも悦楽を感じさせられ、再び高まってしまう。迎え入れている場所から全身が甘くしびれてゆく。

「あ、あ……、もうだめ、来る……っ」

ハインツの胸に縋りながらマリアはぎゅっと目をつぶる。マクシミリアンも同じだったのか、ふたりは同時に絶頂を迎えた。膣内でマクシミリアンの大きく若い雄が弾け、びゅくびゅくと熱いものを放出しているのがわかってしまう。痙攣《けいれん》するマリアを、ハインツが前から抱き留めてくれる。

「マックスは、悦かったかね」

ハインツに尋ねられ、マリアが目を背けると、顎を摑まれ、顔を覗きこまれた。答えることなどできるはずがない。それに、答えなどわかりきっているはずなのに。

否と言えば嘘をついたことになり、マクシミリアンを裏切ることになる。肯定すれば夫ではない男から快楽を得たことをハインツその人に告白することになる。

「見られながら抱かれて感じただろう？」

直に乳首に触れられ、抓みあげられる。こりこりと指の間で転がされると、たとえようもない疼きがさざなみのように腰に下りていって、マクシミリアンのものを締めつけてしまう。

「……あなたは、良過ぎる」

マクシミリアンが荒い息の下から吐き捨てる。

「んん……、いや、かたい……」

思わずマリアが口にしてしまうほど、彼のものは硬さを失わず、マリアの内部を押し広げ圧迫してくる。張り出したえらの部分が感じる場所にあたっていて、マリアは目を潤ませてしまう。

「あ、また……？」

マリアの背中を唇でたどりながら、再びマクシミリアンが動きだす。今度は先程の激しさが嘘のような、ゆるやかでなめらかな腰使いだった。

「抜かずに二度とは、若いというのは羨ましいね。だが、これが最後だぞ」

ハインツが半ば悔しげに、笑いながら言う。

「旦那さま……」

「うん？」

マリアは、はぁっと甘く熱い吐息をつきながら言った。

「……旦那さま、ごめんなさい……っ」

それが、ハインツの『悦かったか』という問いへの答えだった。

マクシミリアンが愛おしく、彼に自分を分け与えたいという思いが湧きあがってくる。寂しい思いを味わってきた彼の側にいて、語り合い慰めあい、くちづけを交わして抱き合いたい。

そして、彼に抱かれる様を夫であるハインツに見られ、咎められ責められ、罰してもらうのが待ち遠しい。いつも年上の余裕から決して弱みを曝《さら》け出さないハインツが、唯一見せる感情が嫉妬だからだ。

　マリアの中で、相反する思いがせめぎあっていた。

　ハインツを喜ばせたくて、マリアは自分から背伸びしてくちづける。深いキスを続けながら、震える指で夫のシャツの釦を外していく。揺さぶられながらなので、うまくいかなかった。マクシミリアンが邪魔をしているかのようだ。

「そう。私にもしてくれるんだね」

　ハインツの手がマリアの髪を撫でる。

　マリアはハインツのシャツの前を開き、腰のベルトを外してトラウザーズの前立てをくつろげる。下着から取り出したハインツの肉茎は雄々しく滾っていて、マリアは早くこれも入れてほしいと思うほどだった。

　後ろからマックスに貫かれながら、唇に夫のものを迎え入れた。

「ん……、ン、ふ、あ……」

　苦い蜜が口の中に広がる。舌で先端を舐め、唇をつぼめて太い竿の部分を咥える。教えられた通りに喉奥まで迎え入れると、頭上からハインツの短いため息が聞こえたので、頭を上下させはじめた。

　前と後ろから貫かれて、マリアは涙を零しながらふたりに仕えた。唇でハインツの怒張《どちょう》をしゃぶれば膣肉がきゅんと締まり、その褒美にマクシミリアンに内奥を突きあげられるので、飛びそうになる意識を保つために必死に口淫を続ける。その繰り返しでマリアは高まって行った。

やがてマクシミリアンが精を吐き出し、その雄を引き抜いた後、マリアは休む間もなく、マクシミリアンに横抱きにされて夫婦の寝室に運ばれた。

マリアは、ハインツが夫妻ふたりだけの空間であったはずの場所にマクシミリアンを招き入れたことに戸惑ったが、ハインツがマリアを抱くところを見せ付けるためだと気づいた。

ハインツは寝台の背もたれに寄りかかり、マリアと向かい合う形で挿入することにした。マクシミリアンはマリアを背後から抱き留め、逃げられないよう囲い込んでいる。

マリアが自ら育てたものを見せ付けながら、ハインツは言う。

「これが剣のような形をしているのは先に出した男のものを掻きだすためだと言うが、実感できた気がするね」

唇を歪めながら、ハインツは白濁に濡れたマリアの花弁を開いていく。

「見ていなさい。おまえの可愛くていやらしいところを」

「あ……」

マリアは大きく脚を広げさせられ、ついさっきマクシミリアンの射精を二度も受け入れた自分の秘所が、今度はその父親のものを出し入れされているところを見るように命じられた。

「あっ、あっ、あぁ……、いや、や……」

マクシミリアンは後ろからマリアのうなじにキスを落としたり、ふたつの乳房を揉みこんでは赤く色づいた乳首をなぶったりと、マリアをハインツだけに集中させないよう熱心に愛撫をはじめた。ハインツに言われる通りに目を開けていると、マクシミリアンの大きくきれいな手が体中を撫でまわすのも目に入ってしまう。

「あ、イヤ、そこは……っ」

マクシミリアンの指が下腹を辿り、淫核に触れそうになったので、マリアは制止の声を上げてしまう。

「なぜ?」

マリアの薄い耳朶を唇で挟みながら、マクシミリアンが尋ねてくる。

「淫らな気持ちになるのだろう? マックスにたくさん触ってもらいなさい」

ハインツが欲望に濡れた声でマクシミリアンを促す。

「こうすると、どうです?」

堕落の源である肉の粒を濡れた指でまろやかに擦られ、小刻みに揺らされる。その間もハインツの突きあげは止まらないばかりか、最も弱い子宮の入り口を揺さぶるような動きに変わる。やがて、激しい快感のうねりがマリアの全身をさらった。

「いや、いや……っ、いっちゃう……っ」

マリアはたまらず、膣内のハインツをきつく絞り上げながら達してしまった。頂に押し

上げられ、そのまま高波に流されて沈み込んでいくようだった。

ハインツはその締めつけをこらえてマリアの濡れた柔肉を穿ち、たっぷりと楽しんでいる。わななく唇を吸うのはマクシミリアンだった。

「罪な人だ。自分ひとりいってしまうなんて」

ハインツに揺さぶられながら、必死に首を巡らせてマクシミリアンを見つめる。水色の瞳は嫉妬と欲情が混ざり合った熾火を秘めたように輝いている。

「マックス……」

唇を動かすと、愛おしさで胸がいっぱいになる。

「マリア」

低く甘い声が呼ぶ。

初恋の人の目の前で、夫であるその父親に抱かれている。彼だけのものにはなれない切なさに心が痛む。一方で、恥ずかしい姿を余さず見られているためにいっそう身体が敏感になった。

太陽が春の日差しを寝台まで運ぶ。

白昼の寝室で、ふたりの男に挟まれ、奪われるように交互に抱かれる。部屋は肌のぶつかる音とみだりがわしい水音、体臭が混ざり合った甘い匂いで満ちて、その淫らさに眩暈《めまい》が起こりそうだ。

しかし、マリアはもう拒むことはできなかった。

せめて使用人たちに聞かれぬようにと声をこらえようとすれば、妨げようとしているのか手伝おうとしているのか、くちづけられたり、男根をしゃぶるよう促されたりした。

ふたりはこれを罰だと言う。マリアに許された贖罪《しょくざい》だと言う。

マリアは身体のすみずみまでふたりに愛撫され、愛情と快楽を溢れるほどに注がれている。その代わりにふたりに自分の身も心も分け与え、所有されるのだ。それは、物ごころついてからずっと孤独だったマリアが、とてつもない安心感に満たされた瞬間だった。

何度めの絶頂を迎えたのかも判らなくなった頃、マリアはふたりの男の腕の中で力尽き、眠りに落ちてしまった。

5

「本当にいいのね？」

艶やかな女の声が、念を押すように尋ねた。

その日は安息日だった。春の終わりの庭園を臨《のぞ》む広々とした部屋で、その館の女主人とひとりの客人が対峙《たいじ》していた。

キルマイヤー邸の応接間である。

「お手間を取らせます」

頭を下げるのはマクシミリアンだった。

「こわい人たちね。血のつながった妹や従妹にこんなことをするなんて。金のためという人はたくさん見てきたけれど、復讐のためだと言うのだから……」

そう言いながらも、ゲルダの顔にはうっとりとした笑みが浮かんでいる。

「ハインツの考え？　それとも、あなたの発案かしら」

「私です」

「あのハインツが、よくあなたに処分を任せたわね。可愛い新妻を切りつけられたというのに」

茶商を営むゴルテル家の令嬢が、従兄であるファーレンホルスト家の跡継ぎへの恋に狂い、彼との心中を目論んだという噂は、社交界をあっという間に駆け巡った。

噂好きな人々のもっぱらの見方は、ファーレンホルスト氏が後継ぎ息子の結婚相手を探しはじめたのが凶行の引き金になったのではないかというものだ。もちろん、事件の後、後継ぎ息子の婚約者探しは立ち消えになってしまった。

令嬢の凶刃《きょうじん》から若い後継ぎを守ったのは、たまたまそこに居合わせた年若いファーレンホルスト夫人で、彼の代わりに刺し傷を負った。寛大なファーレンホルスト夫妻は神経衰弱した姪に心底同情し、その身柄を引き取って療養先を見つけ、心身を癒す手助けをしてやっている。ゴルテル夫妻は兄の厚情に心底感謝してひれ伏し、商売を畳んで家屋敷を売り、娘の側に付き添ってやっている——。

それが、ハインツとマクシミリアンが社交界に流し、マリアにもまことしやかに語った表向きの話だ。

あの日、マクシミリアンは生まれ育った屋敷を出て、社の事務所の近くに移り住んだ。使用人は通いの家政婦ひとりだけで、気兼ねない暮らしをしている。

「マリアの傷はどうなの？　残ってしまうの」

ゲルダはころっと心配げに表情を変える。

「ええ。残念ながら……」

答えながら、マクシミリアンはゲルダを心底畏怖《いふ》した。

この刃傷沙汰の真実を知っている人物は、当事者とファーレンホルスト邸の使用人以外では彼女しかいないだろう。

ゲルダは、マリアを一目見て、ハインツよりもマクシミリアンと似合いだと漏らした。当時はふざけたことを言うものだと気にも留めていなかったが、今になって思えばまるで未来を見透かしていたかのようだ。

また彼女は、色違いの耳飾りを身につけたマリアを、左右から見ると別人のようだとも評したという。

「そう。あのきれいな肌に傷が残るなんて、かわいそうにね。マリアが痛い思いをした分、彼女たちにもうんと辛い思いをしてもらわなくてはね」

彼女が趣味で宝石の売買の仲立ちをしていることは、この国の貴族や富裕層の間では広く知られている。しかし、宝石とは別のもう一種の品の仲介に手を染めていることまで掴んでいる者は、ほんの一握りだ。

「顔見知りの人間を扱うのは危険が伴うので本当は引き受けたくはないのだけれど、あなたたちの頼みなら仕方がないわ。ふたりをそれぞれ全く違う場所に、むごく扱ってくれる飼い主に売ってほしい。そうよね」

マクシミリアンは誰に教えられるでもなく、身をもって彼女の取引の結果を知った数少ないひとりだ。彼の母こそ、ゲルダの媒介により父に引き合わされた女だった。

「はい。できれば、言葉の通じない、聖誕祭も教会もないところへ」

ゲルダは嘆息した。

「いっそ狂った方が楽かもしれないわね。本当にこわい人。あなたに憧れていた孫娘には、とてもじゃないけれど聞かせられないわ」

マクシミリアンは苦笑した。

マリアを傷つけられなければ、決してこんなことは思いつかなかっただろう。

消えない傷をマリアの肩に負わせたアウロラと、その母親であるヴェロニカは秘密裏に異国へ奴隷《どれい》として売る。残されたゴルテル氏に対しては、かねてからハインツが無利子で援助していた資金を急きょ差し止め、方々への借財を集約した挙句、質の悪い金貸しに破格で譲った。破産すら許されなくなったゴルテル氏は妻子のことなどほったらかしで失踪した。彼自身、もともと商才がない男だったので遅かれ早かれ破滅は訪れただろうが、マクシミリアンは少しやりすぎたかもしれない。

「まあ、後のことは任せてちょうだい」

彼女は貴婦人の微笑を浮かべた。

「よろしく頼みます。この礼は、いずれ」

「あら、他ならぬあなたのおねだりなのだから、礼などいらないのよ」

ゲルダは、美しい人間と美しい宝石をこよなく愛し、それらを結びつけることに最上の喜びを感じるという。社交界で女王のように誰もに分け隔てなく接しながら、その実、美しくないと判じた人物は道端の石屑《いしくず》のようにしか見えないらしい。

幸か不幸か、マクシミリアンはゲルダに目をかけてもらっている方の人間だ。彼女は、彼女自身が引き合わせ、不幸の内に決裂した夫婦の間に生まれたマクシミリアンに少なからず思い入れ、同情してくれているらしい。

「いえ。それでは、父も私も気が済みませんから」

「あら、じゃあ、マリアと一緒にまた遊びに来てちょうだい。あたくしの娘時代の宝石を譲ってあげたいのよ。孫娘には似合わないものが多くって」

そして、稀有な色違いの瞳を持つマリアも、彼女にとっては愛でるべき存在のようだ。

「それはお安い御用ですが……」

「本当は、アウロラとマリアにそれぞれ選んであげたかったのだけれど、残念ねえ……」

ゲルダは名残惜しげに言葉を紡いだ。少女のように無邪気な口ぶりからは、自分がその当人たちを売り買いすることに罪悪感を持っているとは到底思えない。

「伝えておきます」

マクシミリアンはそう言って、もう一度深く頭を下げる。

「マリアに、お大事にとも伝えてね」

その言葉に頷いて、キルマイヤー邸を後にした。

マリアが待つ海辺のホテルへ早く辿りつきたかった。


マクシミリアンは急いた気持ちでホテルの最上階へ続く階段を昇っていた。

一室しかない客室の前に立ち、短く三度扉をノックする。

それが合図だった。

少し待つと、内側からゆっくりと扉が開いて、マクシミリアンの恋人が姿を見せた。

落ち着いた灰色の外出着姿のマリアだった。

彼女は待ちかねていたように潤んだ瞳で見上げてくる。

視線を交わしながらマクシミリアンは扉の間に身を滑らせ、室内に入った。

「待ったでしょう」

問うと、マリアは小さく首を振る。マクシミリアンに気を遣わせまいとしているのだろう。ホテルの支配人の話では、彼女は一時間ほど前に既にここに着いていたらしい。

ふたりが顔を合わせるのはひと月ぶりのことだった。

ふた月前、たった一度だけ三人で秘密を共有した晩に、マクシミリアンはハインツとある取り決めをした。

マリアはハインツの妻としてファーレンホルスト邸で暮らすこと。

その代わり、マクシミリアンは屋敷の内外問わずマリアと会えること。

マリアはどちらの求めも拒むことは許されないこと。

その約定《やくじょう》の通りに、マクシミリアンは週に一、二度、マリアを屋敷の外に呼び出し、密会を重ねていた。ハインツの不在を見計らって、あるいは在宅時にわざと屋敷を訪問したこともある。

マリアはいつもマクシミリアンに従順で、いきなり情交を求めても素直に応じるし、感じやすい身体は自分を受け入れて悦んでもくれる。短い時間の逢瀬でも、ろくに言葉を交わせなくても、マクシミリアンにいいようにとばかり振る舞う。

しかし、このひと月の間は大きな取引が重なり、父にアウロラたちの処遇を任されたこともあって、マリアに会うことができなかったのだ。仕事が立て込んだわけはわかっていた。隠居を自称するハインツは、かねてから事業の大部分をマクシミリアンに譲っていたが、最近は後学のためなどとうそぶいて裏の仕事の手伝いを振ってくるようになったのだ。それはマリアの知らない、そして今後もおそらくは知ることのないファーレンホルスト家の暗部で、ハインツはマクシミリアンがそれをマリアに打ち明けられないことをわかり切ってやっている。油断も隙もあったものではないのだ。

しかしこちらも、マリアに会うことを諦めるつもりは毛頭ない。

会えない間、マリアから屋敷の厨房で作らせただろう料理とカードがアパルトマンに届けられたり、使用人を通して言伝を受けたりすることはあっても、彼女が自ら会いに来てくれることはなかった。

マクシミリアンを好きだと言いながら、彼女からは求めてくれない。

自分が求めなければマリアはやってはこない。

初めからそう決まっているからだ。

「久しぶりなのに、会いたかった、とは言ってくれないんですか」

少し意地の悪い気持ちからそう言ってやると、マリアははっとしたように目を瞠った。

「マックス……」

本当はマリアも会いたいと思ってくれていただろうことは、手に取るようにわかる。

しかし、マクシミリアンが黙々と山積みの仕事をこなしている間、マリアはハインツに求められ、抱かれ、満たされていたのだろう。

そう考えると、胸の奥底がちりちりと炎で炙《あぶ》られたようになる。マクシミリアンは生まれてこの方、こんな焦燥《しょうそう》を味わったことはない。誰かを深く愛したことなどなかったからだ。女には深入りするまいと決め、後腐れない関係ばかり築いては、全てなかったことにしてきた。

それでも、この苛立ちをどうやって解消すればいいのかはわかる。

方法はひとつだけだ。

唇を震わせながら動けずにいるマリアに焦れ、マクシミリアンは彼女に手を伸ばす。

「あっ」

薄い肩を抱いて引き寄せると、華奢《きゃしゃ》な身体がマクシミリアンの胸に倒れ込んでくる。両腕をマリアの背に回し、きつく抱擁した。左手で首の後ろを支え仰のかせる。右手は腰を摑んでとらえる。

無言で身をかがめ、唇を重ねると、マリアは少し肩を強張らせた。

「ん……んっ」

柔らかい唇をこじ開けて性急に舌をねじ込ませると、彼女の舌は思わずといったように逃げまどった。マクシミリアンは煽られて、より深く口内を貪り、温かく小さな舌を絡めとる。

弱弱しい手がマクシミリアンの胸元を摑む。

「ン――、んん……」

それが抗議のように思え、マクシミリアンは腰を抱く手により一層力を込めた。

執拗にキスを続けていると、やがて、マリアの身体がくったりと柔らかくなる。目元がほんのりと赤く染まり、眦にはうっすらと涙まで滲んでいる。

たっぷりと唇を味わった後、マクシミリアンはやっとマリアを解放した。

熱に浮かされたようなふた色の目は、今このときだけはマクシミリアンのものだ。

「一度、抱いても構わないでしょう？」

マリアに一応は伺いを立てる素振りを見せながら、既にマクシミリアンの手は動きはじめている。上着を肩から落とし、クラヴァットを緩めて胸元から引き抜き、長椅子の背もたれに掛ける。

開け放した窓の外から、春の午後の日差しが真っ直ぐに差し込んできていた。太陽はまだ高い位置にある。

「でも、まだ……」

マリアは前で手を組み合わせたまま、戸惑ったように漏らす。

彼女は日中の情事を恥ずかしがり、いやがる。

それをわかっていての行動だった。

大体、後妻と血の繋がらない息子がこうして人目を忍んで身体を重ねていることこそ、世間から見ればとんでもない不道徳なのだ。

マリアの言葉を聞かなかったふりをして、見せつけるようにことさらゆっくりとシャツの袖のカフスを外し、袖口を折り返す。

「この後出かける予定がありますから、服はそのままでかまいませんよ」

言うなり、マリアの身体を出窓に向けて強引に返し、そこに手を衝かせた。

「待ってください、こんな時間に、こんなところでなんて……」

マリアは細い首をめぐらせ、うろたえた声で訴えてくる。

マクシミリアンは言い放った。

「久しぶりなんです。あなたはそうでもないのでしょうが」

マリアはびくりと肩を揺らした。

その背を視線でたどり、驚くほど細い腰に目を奪われる。父が締め上げるコルセットのせいで、ほっそりと歪められている。

マクシミリアンは暗く嗤った。

マリアのスカートをたくし上げ、何重ものペチコートを捲って、下着を露わにする。コルセットは薄い生地ではあるものの、鯨《くじら》の髭で作らせた特注品で、驚くほどきつくマリアの身体を縛《いまし》めている。

それを見つめながら、純白のドロワーズの隙間に指を差し込む。ふんわりとした和毛《にこげ》をかき分け、中心に触れる。

「あ……、待って……、んっ」

甘い声でマリアは鳴いた。

マクシミリアンが花核を触れるか触れないかの力で撫でたのだ。そこはすでにキスの余韻のためか、過ぎるほどに蜜を湛《たた》えていた。ためらうことなく指を二本揃えて花弁の間に押し込んだ。

「ッ――!」

奥深くまで指で触れ、存分に内部が潤んでいることを確かめる。

「あ、やあ……」

「もうぬるぬるだ。まだ触ってもいなかったのに」

熱い肉壁にぎゅっと食い締められながら、逆らうように引き抜いた。ドロワーズを膝下まで引き下ろす。

「挿れてもいいですね」

答えは待たない。

今は、全身に愛撫などくれてやらない。ただ交わるための準備をするだけだ。

マクシミリアンは自身の前をくつろげ、肉棒を取り出すと、マリアのそこに強く押し付ける。

「っ——、あ、ひ、ぁ……」

雁首《かりくび》がきつい入り口をくぐると、濡れた肉を押し広げるように最奥に腰を進めた。

「ん、ん……」

柔らかい襞の一枚一枚が甘えるようにマクシミリアンに絡みついてくる。

マリアは必死で喘ぎをこらえ、窓辺に手をついて立っているのがやっとという風情《ふぜい》だ。

部屋はホテルの最上階なので覗ける者などいないだろうが、声は確実に外に漏れるだろう。

「ン——！」

マクシミリアンは無言で、マリアの子宮の入り口を強く一突きした。

「やめ、やめて、ぁ、め……」

マリアはそこを責められることをこわがっている。際限なく感じて我を忘れる自分を恥じているらしい。

マクシミリアンは両腕を窓辺につき、背後からマリアを囲い込む。

「なぜ？　好きでしょう、ここを、こう、されるのが――」

結合部がぐちゅぐちゅと水音を立てる。

二度、三度と奥に突き込みながら、前に手を回して勃起した肉芽をいじめ、真っ赤な耳元に吹き込んだ。

「声を出したら人に聞こえますよ。こんないやらしい声を聞いたら、あなたが夫の目を盗んで義理の息子と何をしているか、すぐにわかってしまうでしょうね」

囁かれて感じたのか、マリアの入り口から奥までがうねるように蠢《うごめ》いた。窓辺に縋る腕に顔を埋め、声を必死にこらえている。

「ん、だ、め……、苦しいから、おねがい、ゆっくり……」

マリアは浅い呼吸の下から辛そうな声で言う。

凄まじく感じる場所を局所的に狙われるばかりか、コルセットで胴部を拘束されたまま交わっているのだ。さぞ苦しいのだろう、すすり泣くような声で喘いでいる。

マクシミリアンは両手でマリアの腰を強く摑み、マリアの最奥から入り口までを粘るような動きで往復した。

「あぁ、だめ……っ」

喉を仰《の》け反《ぞ》らせ、背をしならせて、マリアは達した。びくびくと腰が震え、マクシミリアンのものを締めつける。

それでも抽送を止めはしなかった。

マリアが苦しんで、よがって、壊れてしまえばいいと思いながら。

マクシミリアンは、マリアに湯を使わせ、少し休ませた後、予定通りの場所に向かった。頼りない足取りのマリアは、帽子を被り、日傘を差して、俯き加減でマクシミリアンの一歩後ろを行く。

ふたりはホテルを出て十分ほど歩いた。

途中でマクシミリアンが路肩に止まっていた屋台で氷菓子《こおりがし》をふたつ買った。氷菓子が溶け出す前に着いたのは、港から少し離れた海岸だった。

安息日の今日は、人影ひとつ見当たらない。

静かな場所だった。

あるのはただ、波が砂浜に打ち寄せる音だけ。

マクシミリアンは本当は、会うなりマリアを犯すつもりなどなかった。

今日はひと月ぶりに会える大切な日だったから、会えなかった間のいろいろなことを話したかった。自分たちの間柄では、大っぴらに腕を組んで歩くことなど許されはしないけれど、せめて人並みの恋人同士の真似事だけでもしてみたくて、何とか昼から会うための時間を作ったのだ。

マクシミリアンは波の届かない砂浜の中ほどで足を止めた。ハンカチーフを広げて敷いてやり、マリアにその場所に座るよう促す。

ふたりはそろって海に向かって腰を下ろした。

「……ここには、よく来るのですか？」

マリアが尋ねる。

「ええ。仕事を抜け出して」

水辺にいると、初めてマリアに会った時のことを思い出す。

場所は、運河の通る町だった。

悪戯《いたずら》な風と白い帽子が、偶然に、ふたりを少しだけ早く巡り合わせた。

あのときはまだ、マリアは父の妻ではなかった。顔すら知らない相手に嫁ぐと言っていた。ということは、父の妻になるのでなければ、そもそも会うことすらなかったのだ。

もしも、初めて想いを確かめ合い肌を重ねた後のあのとき、マリアが望んでくれたなら、マクシミリアンは彼女を攫って、誰もふたりのことを知らないところに行ってしまってもよかった。将来のことも父から継いだ事業も何もかも擲《なげう》ってしまってもかまわなかったのだ。なのに、彼女は父に罰してもらうためにマクシミリアンを温室に置き去りにした。

温室の硝子を割った時に腕に傷を創ったが、すっかり癒えた。マリアがアウロラからマクシミリアンを庇った時の刺し傷に比べれば浅いものだった。

けれど、彼女が自分との将来ではなく父のもとに戻ることを選んだという事実は、いつまでもじくじくとマクシミリアンの胸を苛んだ。

マクシミリアンは、マリアにふたつの氷菓子を差し出す。

買ったのは苺とミルクの氷菓子だった。

「どちらがいいですか」

マリアは微笑んだ。

「どちらでも。マックスが、食べたいほうを選んでください」

マクシミリアンは、マリアのこの従順さが愛らしく、同時に憎らしい。何の疑いもなく、決定権を相手に委ねる素直さが疎ましい。

「あなたが選んでください」

マクシミリアンが突き放すように言うと、マリアは少し迷って、苺のほうにおそるおそる手を伸ばした。マクシミリアンもミルクのほうを匙《さじ》で掬うと、無言で口に入れはじめる。優しい甘さが舌の上で溶けた。氷菓子の甘味は一瞬だ。まるでマリアと自分のうたかたの逢瀬のように。

マクシミリアンがすっかり自分の分を平らげた後、マリアが小さな声で呟いた。

「――美味しい」

今日初めて、彼女の和らいだ表情を見た気がする。苛立ちが霧散《むさん》するのを感じた。

「マックスも、どうぞ」

自分の氷菓子を一匙掬い、マクシミリアンに向かって勧めてくる。

少し戸惑いながら口を開くと、マリアは手を伸ばして、マクシミリアンに匙を差し出し、食べさせてくれる。小さな白い手が微かに震えていた。

「ありがとう」

その一口を味わいながらマクシミリアンが言うと、マリアは花がほころぶように微笑んだ。

マクシミリアンは、自分の氷菓子を彼女に食べさせる機会を逸《いっ》したことを少し後悔した。

「……さっきのことを、怒っていないんですか」

マクシミリアンが訊くと、マリアは顔を上げた。匙を握ったまま、言葉を探すように視線をさまよわせる。先ほどの行為をありありと思い出しているらしい。

「あの……」

一呼吸おき、続ける。

「……怒ってはいません。恥ずかしかっただけ……。それに、こんなに綺麗なところに連れてきてくださって、嬉しいです」

ふたりの見つめる先で、ゆっくりと夕日が水平線の向こうに沈んでゆく。

穏やかな波の音だけが響いて、まるで世界にふたりきりのような錯覚に陥りそうだった。

マクシミリアンは以前に、マリアに父母の確執《かくしつ》のことを打ち明けたことがあった。そのときも今日のように夕焼けが美しかった。

マクシミリアンは、両親を憎んでいた。母が異国に去り、勝手に死に、家名に泥を塗ったことを愚か極まりないと思っていた。母をそこまで思いつめさせた父のことも軽蔑し、結婚など愛があってもなくてもするべきでないと思い、自分に無縁のものだと決めていた。

なのに、絶対に愛してはいけない女が、決して結ばれることの許されないその女だけが、マクシミリアンの心の裡《うち》の寂しさを見抜いて、こう言ったのだ。

『お母さまに、迎えに来てほしかったのですね』

わたしも同じだった、という言葉を聞いて、マクシミリアンは胸元にナイフを差し込まれたような心地になった。同情されたと感じ、反発したい気持ちになったのは一瞬だった。

憧れるように遠くを見つめるマリアの目に惹かれた。

そして、もう二度とそんな目をさせたくないと思ったのだ。

「犬たちを、お散歩に連れて来たら、喜ぶでしょうね」

マリアは、とても愛おしそうにマクシミリアンの二頭の猟犬のことを口にする。まだ身体の関係がなかった頃は、犬たちがふたりを繋ぐよすがだった。あの頃から、思えば自分は彼女に会うのが楽しみでたまらなかったし、マリアも言葉にこそしないがそう思ってくれていたと思う。今でも彼女は毎日のように夕方は犬とともに散歩してくれているという。

おそらくは彼女は、常に人に譲り、何かを諦めることで生きてきたのだ。

欲しいものを欲しいと言うことが許されず、また、今こうして許される環境になっても自分の望みを口にすることができない。おそらく父も、煮え切らない、どっちつかずの妻に対して同じもどかしさを覚えているはずだ。

心を決して、マクシミリアンは、ずっと尋ねたかったことをようやく口にした。

「マリア。また俺と会ってくれますか」

彼女は、ちょっとびっくりしたように氷菓子を掬う手を止めた。

ふたりの逢引《あいびき》は、マクシミリアンの求めによって成り立っている。

マクシミリアンが会いたいと言わなければ、ふたりの関係はこれきりで終わり、おそらくはまるでなかったことのようになる。この先、マクシミリアンからの連絡が途絶えることがあったとしても、マリアは自分がこの爛《ただ》れた情事に嫌気がさしたのだとでも思い込むだろう。いや、父によってそう信じさせられるだろう。

もしもマリアが、この問いを『マックスが会いたいと思ってくれているのなら』とか、『旦那さまが許してくださるのなら』などとはぐらかすなら、自分はこの禁断の関係を終わらせなくてはならないだろう。でなければ、いつかこの手で彼女をくびり殺してしまうだろうから。

匙を器に戻し、マリアが一心に見つめてくる。美しいふた色の目が伏せられる。

マクシミリアンは、判決を受ける罪人のような、罰を下す処刑人のような、相反した思いで返答を待った。

言葉はなかった。

彼女はそっと、マクシミリアンの肩に頭を預けてきた。少し首を動かして、仔猫のように彼の首筋に鼻先を寄せ、確かめるように肌の匂いを吸い込む。

マクシミリアンはくすぐったさに目を細めた。

マリアが少し背伸びをして、マクシミリアンの頬にくちづけてきた。

驚いたマクシミリアンが身を引く。

マリアはさらに身を寄せてきて、今度は唇に唇を合わせる。くちづけは羽毛のように軽やかで、一瞬の間の出来事だった。

マリアは、さっと身を離し、恥ずかしそうに耳まで真っ赤に染め、縮こまってしまった。

それが、マクシミリアンの問いに対するマリアの精いっぱいの答えだった。

マクシミリアンは、救われたような気持ちで、胸をなで下ろす。そして、マリアの紅潮した頬を撫で、熱くなった耳に唇を寄せて、囁いた。

「食事を済ませてホテルに戻ったら、もう一度。今度はあなたをよくしてあげたい」


「何もしてくれなくていい」

ホテルの部屋に帰り着き、マクシミリアンは僅かに緊張した様子のマリアにそう言った。

帽子を取ってやり、ショールと日傘を預かると、背後に回ってドレスの背に恭しく手をかける。

「マックス……？」

これまで繰り返した短い時間の逢瀬は、会えた喜びに浸る間もなく、互いの着衣をはぎ取って抱き合うような慌ただしいものだった。マリアは少しでもマクシミリアンをよくしたいと言って、おそらくは父に仕込まれただろう手管で奉仕したがる。まだ拙い愛撫はけなげで可愛いが、いつもマクシミリアンを複雑な気分にさせた。

「ただ、俺のしたいようにさせてください」

ドレスの背を開き、スカートを外させ、ゆっくりと一枚一枚マリアを暴いていった。

露わになった白い肩には、マクシミリアンをアウロラから庇った際に負った切り傷の跡が残っている。見るだけで痛ましく、申し訳ない思いが募る。

マクシミリアンは奥歯を噛みしめながらコルセットの締め紐に手をかける。先程の交合の際には外さないままだったが、今度は違う。手際よく紐を緩め、前に手を回して留め金を浮かせ、やっと忌まわしいものを取り払い、ペチコートを解いて床に落としてしまう。

マクシミリアンは、背後からマリアのほっそりとした身体を抱きしめる。絹のシュミーズとドロワーズに包まれた肌はまるで雪花石膏《アラバスター》のような白さで、柔らかく匂い立つようだ。

首筋に顔を埋めながら、リボンを解き、結い上げた髪に手を差し入れ、ピンを一本一本抜き取っていく。時折マクシミリアンの指先が地肌に触れると、マリアはひくりと身を揺らした。そんなところまで感じるのだ。

すっかり髪を下ろしてしまうと、マクシミリアンはようやくマリアを寝台に促した。

並んで腰かけ、その肩に腕を回し、顎に手をかけて唇を合わせる。先程の噛みつくよう

な貪るキスでも、羽毛が触れるような子どもの接吻でもない。優しさを分け合うような
ゆっくりとしたくちづけだ。

「ぁ……、ぁ、ん……」

マリアは白い瞼を閉じて、うっとりとされるがままになっている。マクシミリアンが小さな頭を両手で支え、耳をふさぐようにすると、水音が直に響くのか、恥ずかしげに眉を寄せるのが可愛かった。

キスを続けながらシュミーズの肩紐を落とし、首元から二の腕、肘にかけてをそっと撫でる。肘を指先でなぞると、マリアは小さな吐息をついて肩をすくめた。

背中を支え、マリアの身体をゆっくりと敷布に横たえていく。亜麻色の髪が白いリネンに広がって波打つ。マクシミリアンはその上に覆いかぶさり、腕の中にマリアを閉じ込める。真上から見下ろすと、マリアが潤んだ目で見つめてきた。

「マリア」

マクシミリアンが名を呼ぶと、くちづけに濡れたマリアの唇が薄く開く。

「マックス……」

甘い声に呼ばれるだけでどんなときでもマクシミリアンの胸は安らぐが、閨《ねや》の中で見つめあいながら呼ばれるのに勝る幸福はないと思う。

マリアの左手がそっと伸びてきて、マクシミリアンの頬に触れる。桜色の指先が確かめるようにこめかみから顎までをゆっくりなぞり、唇に辿り着く。

マクシミリアンは、白い首筋に顔を埋め、肌に舌を這わせはじめた。

「あ……」

左の手で、敷布を摑むマリアの右手をとらえ、指と指を絡め合わせる。細い指がぎゅっとマクシミリアンの手を握り返してきた。

右手でシュミーズを捲り上げ、乳房を露わにし、その間に顔を埋める。甘い匂いが鼻腔をくすぐる。そこは温かく、吸い付くような肌触りだ。

身体のすみずみまで、どこもかしこも愛してやりたい。

マリアの胸に頭を押し付けるように身をかがめ、濃い桃色の乳頭を口に含みつつ、反対の乳房をてのひらに収めゆっくりと揉みこんでいく。やがてその先端が尖りきってしまうと、その輪郭を彼女に知らしめるように指の腹で転がす。

「あ、ん」

マリアは熱い吐息に乗せて、小さく喘いだ。マクシミリアンと重ねた手が弛緩と緊張を繰り返している。

乳房の間に唇をあて、強く啜った。

「ん、いたっ……」

音を立てるほどきつく肌に吸い付くと、その場所に赤い鬱血が散った。マクシミリアンは満足して指先でくちづけの跡を撫でる。

彼女は夫に何と言い訳をするのだろうかと、嗜虐心が頭をもたげてくる。

「……ひどい、跡が……」

何をされたか気づいたらしく、マリアは両肘をついて起き上がろうとする。

マクシミリアンは、浮きかけた背と寝台の間に手を差し込み、マリアの薄い身体をうつぶせに返した。ついでに腰から下に纏わりつくドロワーズを足から引き抜いた。

そのまま白い背に覆いかぶさり、彼女の左手首を上から摑んで寝台に縫い付ける。

「マックス、何をするの……？」

これで、彼女の肌に残した痕跡も、マクシミリアン自身の姿も、彼女には見えなくなってしまう。

「言ったでしょう、俺のしたいようにさせてほしいと」

言いざま、右手を彼女の乳房の下に潜り込ませ、柔らかい肉を揉みしだく。鼻先で亜麻色の髪をかき分けると、耳朶を甘く嚙む。舌先で耳殻をねぶると、密着させた身体がひくんと震えた。

「んん、ん……」

うなじにくちづけを落とす。左肩に残るナイフの跡にそっと唇を寄せると、まだ少し痛みがあるのか、腕の中でマリアの総身がわなないた。舌で肩甲骨、背骨を辿っていく。マクシミリアンの前髪がさわさわと肌に触れる。

「やぁ、くすぐった……」

マリアの左手は逃れたがってもがく。マクシミリアンはその細い手首を強く摑んで許さなかった。

「くすぐったいだけですか?」

問いかけに、マリアは小さく首を横に振る。

「気持ちがいい?」

畳みかけると、少しの沈黙の後、消え入るような声が聞こえた。

「……はい……」

「なら、かまわないでしょう」

頬を染めてマリアは唇を尖らせる。

「でも、わたしだけ脱がされて、触られるのは……」

マリアは肌も露わに申し訳程度にシュミーズとガーターベルト、ストッキングを纏わりつかせたまま。マックスは上着とクラヴァット以外は身に着けた姿だった。

「恥ずかしいようにしているのだから、いいんですよ」

そう言って、右手を乳房から下腹部に下ろし、局所に触れる。

「あっ」

マリアは顔を真っ赤にして恥ずかしさをこらえるようにされるがままだった。彼女が腰を揺らしたのをいいことに、腰骨を両手で摑んで持ち上げ、膝をつかせて尻だけを掲げた格好にしてしまう。マリアが驚いて姿勢を崩そうとしたので、マクシミリアンはマリアの膝の裏側を押さえ、動けないよう固定した。

「いや、こんな……！」

マリアは背伸びをする猫のような格好で、恥ずかしい場所をマクシミリアンに晒している。柔らかい申し訳程度の和毛に守られて、つつましげな花弁と宝珠《ほうじゅ》がいきづいていた。秘裂からは今にも愛液が滴りそうだ。

マクシミリアンは迷わずそこに口をつけた。

「あっ、あ！」

舌先で花芽に触れると、マリアは大きく腰を揺らす。そのままぬめぬめと肉の粒を転がす。そこはたちまち膨れ、芯をもったように硬くなった。

「あ、あ、やあ、あぁ」

舌先を小刻みに動かし、微かな振動を与えていく。

「はぁ、あ、ん、んぅ――っ！」

小さな尻を振りたくって、マリアはたちまち果ててしまった。脱力して寝台の上に崩れそうになる身体をマクシミリアンが支え、糸を引いた蜜を溢れさせる割れ目に顔を近づける。

「んっ……、だめ、そんな、すぐに……」

それを舐めとるように柔らかい花襞を唇で挟み、味わう。

「マックス、ぃや、や……」

背を丸め、マリアは子どものようにすすり泣く。

「いやじゃないでしょう?」

マクシミリアンは顔を上げ、マリアの乱れた髪を撫でつけ、小さな顔を覗きこむ。その瞳は熱と快楽に浮かされたようになっていたが、頬には涙の跡があった。

「何を泣くんです」

問いかけると、涙声でマリアは言った。

「だって、わたしばかり……」

悦くされている、と両手で顔を覆って彼女は言った。ほとんど聞き取れないような小さな声だった。マリアは顔をぬぐいながらけだるげに身を起こし、マクシミリアンと向かい合う。そして、マクシミリアンの胸にそっと顔を預けてこう打ち明けたのだ。

「マックスにも……」

小さな手がシャツの釦に触れる。しかし、悦楽の余韻に震える指先では外すことがかなわない。何度も試みては失敗する。

見ているのももどかしく、マクシミリアンは自らシャツを脱ぎ捨て、トラウザーズの前立てをくつろげる。マリアの媚態に、そこは既に漲《みなぎ》っていた。

マリアが剛直におそるおそる手を伸ばし、奉仕をはじめようとするのを、マクシミリアンは制止した。寝台の上で体勢を入れ替え、互い違いに向かい合って、愛撫を施し合える格好になった。

その意図を察したマリアが脚を閉じようとするが、内腿を押さえて固定し、動けなくしてしまう。マクシミリアンが口淫を再開すると、マリアは震えて喘いだ。

その小さな手が、マクシミリアンのものを大切そうに包む。たどたどしい指の動きだけで彼女の感じているさまと戸惑いが伝わってくる。その顔を見ることができないことが残念だった。

マリアはマクシミリアンのものを口に含み、喉奥まで咥えこむ。舌で裏筋を舐めまわしながら雁首を喉で締めるという、教えられなければできないやり方だ。

マクシミリアンは温かい口腔と懸命な舌の動きに満足しつつも、不愉快な気分をぬぐえない。それを仕込んだ男への対抗心ゆえだった。

マリアの腰を抱え込み、花芯を舌でなぶりながら、指を物欲しげな蜜壺に差し込む。

「あ、んぁ……」

マリアの鼻に抜けるような声が聞こえる。

そこはついさっきもマクシミリアンを受け入れたとは思えないほど狭く、ぎゅっと吸い付いてきた。淫核に刺激を加えれば、連動するように断続的に蠢いて中のものをより深く誘い込もうとする。

「いやぁ、ぁあ、あっ」

貪婪《どんらん》なそこは、指一本では足りないらしい。もっともっとと言うように絡みついてくるので、指の第一関節をまげて、腹側の感じる場所を繰り返し抉った。やがて入り口に近い部分がぎゅうっと締まりっぱなしになり、マリアはびくびくと魚のようにのたうった。

「……っ、ん……っ」

もうマクシミリアンへの奉仕もままならないようだ。

指をゆっくりと引き抜くと、蜜が指を濡らしててらてらと光っていた。とろとろに蕩けたここに挿入したらどれほど心地いいだろうかと思いながら、欲望を制御する。

身を起こして、マリアの恍惚とした顔を覗きこむ。

乱れた髪を掬っては顔の横に流し、てのひらで紅潮しきった頬を包んだ。

「マリア」

泣き濡れた眼が見つめてくる。彼女が何を求めているかは、その眼を見れば明らかだ。

マクシミリアンはあえて気づかないふりをして、小さな美しい額に自分の額をくっつける。そして試すようにマリアに問いかける。

「どうして欲しい？」

マリアはうっすらと唇を開き、しゃくりあげるように言った。

「ずるいわ……、したいようにすると言ったくせに……」

恥ずかしげに顔を背けてしまったマリアに、マクシミリアンは微笑みを浮かべる。

「聞きたいんです。俺にどうして欲しいか、あなたの口から」

マリアはきゅっと唇を噛み、ゆっくりと目を閉じる。

「……て……」

「聞こえませんよ」

わざとつっけんどんに言ってやると、マリアは目尻を赤くした。

弱弱しい手がマックスの腕に触れ、縋りついてくる。

「っ……、きて、マックス……」

待っていた言葉が与えられるや否や、マクシミリアンは意固地な恋人に深くくちづけて、体を重ねた。

そのあともわざと動かずに焦らしたり、肝心な箇所には触れないように全身に愛撫を加えたり、さんざんにマリアを鳴かせた。マクシミリアンがその泣き顔を堪能し、深い充足感とともにマリアの中に吐き出したときには、既に夜が更けていた。


日付も変わろうかという刻限、ファーレンホルスト邸は静まり返っていた。

いつもならハインツは書斎に入っている時間だったが、今日は、書斎ではなくマリアの自室で彼女を待っていた。マクシミリアンとの逢瀬を終えたばかりの妻の顔を、一刻も早く見たかったからだ。

密やかに続いていたふたりの忍び逢いが途絶えたのは、ひと月前。

その直前に、ハインツの在宅中、マクシミリアンがマリアと会うため堂々と屋敷を訪れるという出来事があった。ハインツは、マクシミリアンのその挑発に対して、彼に膨大な仕事を押し付け、マリアと会うための時間を奪うという嫌がらせで応戦した。

ハインツとマクシミリアンの約束に拘束されているマリアは、自ら情夫に会いにゆくという選択肢をとることはできない。せいぜい、密かにマクシミリアンのアパルトマンにカードと食事を届けさせたり、使用人を通じて消息を尋ねたりが限界だ。どんなに会いたくても、マリアはマクシミリアンの誘いを待つことしかできない。

それを知っていて、ハインツはふたりを引き離した。

ハインツの前では普段通り振る舞おうとしているマリアが、ふとした瞬間にその目を翳《かげ》らせ、しゅんとしているのを見ると、哀れを感じるのと同時にたまらなく残虐な気持ちになる。

ハインツがその耳元に、『マックスはおまえのことを嫌いになってしまったのかもしれないよ』と吹き込めば、嘘をつけないマリアは心底不安そうになった。『おまえが会えなくて寂しがっているとマックスに伝えてやろうか』と心にもないことを優しく持ち掛けてやれば、マリアはつつましくもかたくなに拒んだ。

あの事件の日まで、ハインツは嫉妬にかられ、マリアに仕置きを加える傍ら、マクシミリアンを結婚させるための手筈を水面下で整えていた。そうすることでしか平静を保てなかったのだ。

マクシミリアンに結婚相手を宛がうことは諦めたが、このひと月の間も、ハインツは夫の当然の権利として彼女を求め、いつもより執拗に抱いた。

こんな簡単なことで切れる関係ならば、そこまでの話だ。しかし、おそらくはそうはなるまいと、ハインツは見込んでいる。

ハインツは、息子が羨ましかった。

マクシミリアンは、ハインツの欲しくてたまらないものを持っている。マクシミリアンはマリアに恋慕《れんぼ》を向けられ、彼女の感情を揺さぶり、涙と笑みを誘うことができる。ふたりが惹かれあったのはおそらく境遇に似通う部分があるためで、マクシミリアンにその不幸を味わわせた張本人はハインツ自身だ。

これではまるで、自分のほうが純な恋人たちに横恋慕する邪魔者のようだ。

もしもマクシミリアンと自分の立場が逆だったなら、とハインツは考える。

ハインツとマリアが出会うより前に、若いふたりがどこかで巡り会って恋に落ち、マリアがマクシミリアンの花嫁としてこの屋敷にやって来ていたら。

そんな出会い方をしていたなら、自分はマリアを愛さなかっただろうか。あの美しい目に魅せられず、手を伸ばさず、義理の父として理性的に振る舞えていただろうか。

おそらくそのほうがマリアにとっては幸せだっただろう。

しかし、答えは否だ。

そして現実には、マリアの帰る場所はハインツの側にある。なぜならば、彼女はハインツの妻だからだ。彼女はハインツに全幅の信頼を置き、彼に愛されるために生きている。

たとえ彼女自身が望んだ結婚でなくとも。

ハインツが予想した通り、マリアの帰宅は予定より二時間以上も遅れていた。

小さな足音が、部屋に近づいてくるのが聞こえる。

マリアは静かに自室に入ってきた。

ハンナが待っているとばかり思っていたのだろう、長椅子に腰かけた夫を驚いた様子で見つめている。

「おかえり」

立ち上がりながら言ってやると、マリアは恥ずかしげに目を伏せた。

「旦那さま……」

灰色のドレスに揃いの帽子、白いショールを纏った格好に乱れはないが、頬が上気して、緑と水色の美しい目がとろんと潤んでいる。きっと、屋敷まで戻る馬車の中でも名残を惜しんで情夫と睦《むつ》みあっていたに違いない。

「戻りが遅れて、申し訳ありません……」

年若い妻の、戸惑い、少し怯えた様子がいじらしい。

「待っていたよ」

ハインツはマリアに手を差し伸べる。

「おいで」

マリアは困ったように眉を下げ、小さく首を振る。

「外から帰ったばかりですから、お湯を使わせてください」

「だめだ。来なさい」

ハインツはつかつかと妻に歩み寄り、そのか細い腕を摑む。びくりと身体を揺らしたマリアを腕の中に抱き込むと、その拍子に帽子が床に転がり落ちる。

亜麻色の髪に顔をうずめて匂いをかいだ。ハインツのものではない男の香りが髪に移っている。

「身体を調べる」

そう言って、彼女の前に跪く。

「スカートを上げなさい」

命じると、マリアはおずおずとスカートとペチコートをたくしあげる。ハインツはドロワーズを引き下ろし、白い太ももの付け根にある淡い茂みを露わにした。足を少し開かせると、そこから甘く濃厚な蜜の香りが広がってゆく。

「向こうで湯を使ってきたのだろう？」

ハインツの問いに、マリアは声なく頷く。

マクシミリアンに注がれたものはすっかり掻きだして洗い流してきたようだが、帰路で悪戯でも仕掛けられたのか、秘所は花蜜を溢れさせしっとりと濡れていた。マリアはそれを恥じていたのだろう。

「マックスにここに何度出された？　おまえは何回いったんだ」

マリアは弱弱しく首を振る。その恥じらいが一層男の情熱を煽ることに気づいていないのなら大したものだと思う。

「言ってごらん。怒らないから」

怒りはしないが、その回数以上に彼女を追いつめ、狂わせるつもりだった。

「……マックスは、二度……、わたしは……」

消え入るような声が、覚えていない、と言う。

「そう。数えきれないほど何度もいったんだね」

言いながら、指を温かくぬかるんだそこに慎重に差し入れる。マクシミリアンのものを受け入れていた場所だが、濡れてはいるもののその襞はつつましげに閉じている。ハインツの指を待ちわびていたように、柔肉が中へ誘い込もうと蠕動《ぜんどう》した。親指でぬめりを掬い、敏感な花芯をそっと撫でてやると、ぶるぶると細い腰が震えた。

「マックスにはどこで、どんな格好で抱かれたんだ。服を着たまま？　それとも、浴室でこのきれいな肌を全部見せてやったのか」

「あ……、最初は、着たまま、後ろから……、ん、ん……っ」

マクシミリアンに抱かれた直後のマリアは、たまらなく可愛かった。

ハインツは、マリアに、彼女の働いた不貞の一部始終を語らせることを好んだ。羞恥心の強いマリアは初めは拒んだが、マクシミリアンとの情事を思い出しながらハインツに触れられるといっそう感じるらしく、普段の何倍も濡れた。ハインツも、昂《たかぶ》る嫉妬心のままにマリアを責めるのだ。

「次は？　二度だけとは、いつもより少ないじゃないか。こんなに遅くなったのに」

絶えず指を動かしながら、ハインツは詰問《きつもん》する。

「一度、終わったら、少し休んで、出かけて……あ、だめっ……」

「どこに？」

「はぁ……、外です……、屋台で氷菓子を買って、海岸で夕日を見て……」

陽が沈んだのを見届けた後は、海辺のレストランで食事を済ませ、夜道を散歩し、ホテルに戻ったという。

ハインツにとっては、一日中ホテルの部屋で淫楽に耽《ふけ》っていたと言われた方がまだましだった。

「ふうん。ふたりで夕日を見ながら語らっていたわけだ。ずいぶん楽しそうじゃないか。傍《はた》から見れば似合いの恋人同士のようだったろうね」

ハインツは苛立ちに任せて、蜜壺の浅い部分にある弱い場所を圧迫する。マリアが泣くほど感じるやり方だった。ぐいぐいと指先で押し上げると、ぎゅうっと入り口が締まった。

「いやあ、ダメ、そこは……っ……、あっ……、あぁ！」

罰するように押し続けると、やがてマリアは大きく身を震わせて達し、同時に秘所からびしゃっと温かい潮《しお》を溢れさせた。

「あ……、あ」

ハインツは、立っていられなくなったマリアから手早くコルセットを外し、シュミーズとストッキングだけの姿で長椅子の上に座らせた。

　その白い脚を大きく開かせ、しとどに濡れた秘所にむしゃぶりついた。

「いやぁ……、あ、舐めちゃ……」

「ホテルに戻って、マックスも舐めてくれたんだろう？」

　マリアはコクコクと頷く。

　どうやら、同時に口淫しあい、たっぷりと快楽を与えあった後、交わったらしい。

　マリアを外に連れ出して逢引を楽しんだばかりか、二度も抱いてこの身体を味わった男に猛烈な対抗心が湧きあがる。

「そんなことをして悦ぶとは、おまえはいやらしい子だ」

　そう言ってまた花芯に口をつけ、舐めまわす。唇での愛撫を続けながら、下からシュミーズに手を入れ肌を露わにしてゆく。柔らかい乳房に触れた瞬間、マリアの身体がびくりと震えた。その白い手がまるでハインツの手をおしとどめるように重なってくる。

「どうした？」

　顔を上げて訊くが、マリアは目を背けたまま答えない。怯えたような憂いが眉間に浮かんでいた。

「ここがどうかしたのか」

「駄目……っ」

　マリアの制止の声を無視し、手を払い、強引にシュミーズを捲りあげる。

曝け出された白い乳房の間に、ひとつだけ、真っ赤な花びらのような鬱血が散っていた。男に吸わせた跡だと一目でわかる。

マリアは、どんな表情でマックスの愛撫を受けたのだろう。思いを馳せるだけで、体の芯が滾るようだ。

「おまえはマックスに、こんなことを許してしまったわけだ。私がこれを見てどう思うか、わからなかったのかね？」

マリアは顔を覆い、あえかな声で謝罪の言葉を口にした。

「ごめ……なさ……」

「許してあげよう。その代わり今日は、体中に私の痕跡を刻ませてもらうからね」

そう告げて、ハインツは手ひどい愛撫を再開した。

舌先を柔らかくして、包皮の下の真っ赤な宝石を愛でてもらうのがマリアのお気に入りのやり方だった。小さな手が、たまらないと言うかのようにハインツの髪を摑み、時折震える。

「旦那さま、旦那さまぁ……、いっちゃ……」

極まった声が切なく呼ぶ。しかし、ハインツは顔を上げて愛撫をやめてしまう。

「まだ、だめだ」

言いながら、指先で肉の粒をつまみ、息を吹きかける。それだけでマリアは身もだえした。

「なあ、マリア。そろそろ教えてくれないか。おまえは私の妻でありながら、一体いつ、マックスのことを好きになってしまったんだい？」

ハインツは、このふた月の間、何度かマリアに同じことを質《ただ》していた。

年明けのファーレンホルスト邸での初対面のあと、マクシミリアンはしばらくあからさまにマリアを避けており、マリアはそれを自分が嫌われているためだと思い込んでいた。

しかし、キルマイヤー邸を訪問し、マクシミリアンにコルセットの紐を切らせたときには、もう彼女の裡に恋心が芽生えていたのかもしれない。

寝台の中でマリアを責め立て、限界まで追いつめて気持ちを緩ませてやると、快楽に弱い身体は心を裏切り、ハインツのどんな淫らな命令でも素直に聞き入れる。彼女がマクシミリアンにすら見せない痴態をハインツに晒すのは、夫を信頼し、全てを任せ委ねきっている証拠でもある。

しかし、マリアは、この問いかけにだけは、強情にも沈黙を貫き通すのだった。

「なぜ言えない？」

畳みかけるように問うても、マリアは悦楽に濡れた目を伏せ、黙ったまま首を振る。

ハインツはマリアの乳房を摑み、その先端にくちづけてきつく吸った。

「ンっ……」

弾力のある乳頭に歯を立てると、マリアは腰を浮かせて震えた。

「やぁ、痛い……っ」

そうは言いながら、下肢に目をやれば、花弁の間からとろりと透明な蜜を溢れさせている。愛撫に追い立てられ熟れきった身体は、痛みまでも淫楽《いんらく》として享受《きょうじゅ》してしまうようだ。

続けて、マクシミリアンに吸われた跡を指でなぞって噛みついた。

「やめて欲しければ言いなさい。それとも、痛くされるのが好きなのか」

「……いいえ……、イヤ、イヤ……」

潤んで揺れる目がハインツを一心に見つめてくる。娼婦のようにふしだらで、修道女のように純粋で、そして王女のようにわがままな妻が、ハインツには愛しくてならなかった。

今日のところは、この瞳に免じて、秘密を暴くのはやめにした。

「気持ちよくしてほしい？」

問うと、涙を零しそうな目がゆっくりと閉じられる。

「じゃあ、いかせてくださいと言ってごらん。舐めて、気持ちよくしてくださいと」

「そんな……」

マリアは泣きそうな顔でしゃくりあげた。

「言わなければ、いつまでもこのままほったらかしだ」

「……いや……」

「じゃあ、おねだりしてごらん。おまえがどんなにいけない子でも、もう手放してはやらないからね」

たとえこの先マリアがどんな罪を犯しても、ハインツは甘い罰と引き換えに許してしまうだろう。おそらくそれはマクシミリアンも同じはずだ。

マリアは全身をわななかせた。

「いかせてください……、旦那さま、たくさん、舐めてっ……」

可愛らしい唇が、はぁっと熱い吐息をつく。その唇を貪るようにキスすると、すぐに愛撫を再開し、マリアを望み通りいかせてやった。

ハインツは、二度続けざまに達してぐったりとしたマリアからシュミーズを脱がせ、長椅子の上に横たえた。涙で濡れた白桃のような頬を指先でぬぐってやりながら、自身の衣服を緩める。マリアのストッキングを穿いたままのほっそりとした片脚を抱え上げて、恥ずかしい格好にすると、彼女は待ちわびたように甘い吐息をついた。

「あ、……旦那さま……」

細い指がハインツの腕に誘うように縋りついてくる。

「んっ……！」

反り返る肉杭で貫くと、苦しい姿勢のはずなのに、マリアの表情はうっとりと蕩けたようになる。ハインツはマリアの欲しがるままに動いてやりながら、全身のそこかしこに吸い跡や嚙み跡をつけることも忘れなかった。

マリアがくたくたに疲れ、意識を失うように眠ってしまったあと、ハインツは妻を入浴させた。もちろん湯を運ばせたり寝巻を用意させたりするのにはハンナの手を借りたが、ハインツが手ずから下着を脱がせ、ほっそりとした身体をバスタブにそっと沈め、髪から爪先まで全身を洗ってやった。

タオルで肌を拭き上げて寝巻を着せかけ、ハインツはマリアを抱えて寝室に入った。開け放した扉の向こうのマリアの部屋では、ハンナが床に散らばった衣装を片づけている。

妻の身体を寝台に横たえ、自身もその枕元に腰かけた。そして、濡れたままのマリアの髪を取り、ふわふわとしたタオルで一束ずつ水気を吸い取っていく。亜麻色の長い髪は、栄養状態が良くなったからか、あるいは手入れのためか、ハインツの手の中で蛇《へび》のようにうねって、見違えたようにつやつやと輝くようになっていた。

肌もあの傷跡以外には染みひとつなく、透明感を増してきた。この白い身体に浮かぶ、しばらく消えない情事の痕跡を、彼女はどんな表情で情夫に見せるのだろう。

何よりも、この目だ。片側ずつでまるで印象が違って見えるが、艶冶《えんや》な緑色と涼やかな水色の両目は、見つめていると吸いこまれそうな心地になる。

奇妙な三角関係が始まって間もなく、ハインツには気がついたことがある。ふたりの男に抱き尽くされ、愛情を注がれて、マリアは見違えるように美しくなっている。

ハインツは、マリアの髪を一房取り、身をかがめるようにしてその香りを鼻腔に吸い込む。ハインツの嗅ぎなれた、蜂蜜入りのシャボンの匂いがする。微かな寝息を聞きながら、その前髪をかき上げ、小さな額にくちづけようとしたとき。

マリアの部屋の扉が、外から三度短く叩かれた。

こちら側のハインツとハンナがノックに返答する間もなく、無遠慮に扉が開かれた。ファーレンホルスト家の教育の行き届いた使用人ならば絶対にしない真似だ。

案の定、現れたのはマクシミリアンだった。背後に困り顔のアモンが控えている。

マクシミリアンはこちらに視線を向けてきた。そして、驚いて手を止めているハンナを後目に、静かに夫妻の寝室の入り口に近づいてくる。

「……マリアに伝え忘れたことがあって、戻ってきたのですが」

悪びれもせずに平静な声音で言いながら、その水色の目は寝台の中に真っ直ぐに向けられていた。

つい先程までマクシミリアンに身を委ね、そのあとハインツに抱きつぶすように組み敷かれ、今は疲れ切って眠っているマリアに。

「こんな夜中に夫婦の寝室にやって来るなんて、随分なご挨拶じゃないか」

マリアを起こさぬよう、ハインツは声をひそめた。

マクシミリアンは扉の側に立ち、微かに首を傾け、寝室まであと一歩というところで踏みとどまっている。

「来週、犬たちと散歩に出かけようと約束するのを忘れていたのです。どこかの誰かに押しつけられた仕事のお陰で、随分と久しぶりですが」

冷たく慇懃《いんぎん》な口調で放たれるのは、ハインツに対する当てこすりだ。

散歩の約束は二の次で、屋敷に戻ってきた理由は別のところにあるのだろう。おそらく、ハインツがマリアの肌の吸い跡を見ることを見越して、様子を伺いに来たに違いない。自分たちが血の繋がった父子だということを実感し、ハインツは口元を歪めた。

「困ったね。マリアはこの通り、もう夢の中だ」

マリアの髪を絶えず撫で続けていた手で、頬から首にかけてのなめらかな肌を辿る。ゆっくりと、ハインツのつけたキスの痕跡や噛み跡を見せつけるように。

マクシミリアンはぴくりと片眉を上げた。だが、それだけだった。

ハインツは、招かれなければこの寝室には立ち入ろうとしないマクシミリアンの律儀さに微苦笑を浮かべる。ふてぶてしい間男ぶりには確かに腹が立つが、ハインツが嫌がらせで任せた仕事も黙々とこなす裏腹な不器用さと生真面目さが、息子らしくも思えた。

「今夜は泊まっていったらどうだ。目が覚めたときにおまえがいたら、マリアも喜ぶだろう」

「……いえ。遠慮しておきます」

ハインツとマクシミリアンの父子は、互いを完全に敵視できるわけもなく、マリアをめぐって牽制し合いながらも気遣い合うという奇妙な駆け引きを続けている。

ハインツは、前妻との確執により、恋も結婚も諦めさせるまでに息子を傷つけた負い目があった。マクシミリアンは、彼自身には何ら科《とが》はないことだが、自分が生まれたがために母が死を選んだと思い込んでいる節がある。そして、父の後妻を寝取ったことにも少なからず罪悪感を覚えている。

夫妻の寝室に堂々と立ち入ることはしないマクシミリアンの弁《わきま》えた態度が、もどかしいと同時に、少しばかりハインツの自尊心をくすぐった。

「ここはおまえの実家なのだから気兼ねすることはない。もうひと月帰ってきていなかったじゃないか」

言いながら、ハインツはマリアの亜麻色の髪を手巻き、もてあそぶ。

ふた月前のマリアの選択は、自分にとっては嬉しい誤算だった。

ハインツは、夫である自分さえ許せば、マリアはマクシミリアンのもとに行ってしまうだろうと思っていた。蝶がより瑞々《みずみず》しい花に止まるように、つぼみがより明るいほうを向いて花開くように、それは法や教会も曲げることのできない自然の摂理のようなものなのだと。

しかし、敬虔で、愚かしいほど素直で、そして残酷なマリアは、初恋の男との道ならぬ恋を成就させることを望まなかった。かといって、ハインツの切望した、元通りの生活を選んでもくれなかった。

結婚というしがらみに縛られて、ハインツの断罪を受けたいと訴えてきた。

マリアは気づきもしなかっただろう。自分を愛するどちらの男も選ばなかったことで、ふたりともを切り捨てるという裏切りを重ねたことに。

でも、どちらかを捨てておのれの幸福だけを選び取るような女なら、初めから、ハインツもマクシミリアンも愛しはしなかったはずだ。

「ん……」

小さな声を立て、眠っているはずのマリアが眉を寄せる。

うっすらと瞼を開け、とろんとした両目でハインツを見上げてきた。

剣呑な雰囲気はたちまち消え去り、ふたりの視線はマリアに注がれる。

「だんなさま……？」

安心しきった甘い声がハインツを呼ぶ。マリアは無防備な小鳥のように見上げてくる。ほほえみの形の唇のあわいに真珠のような白い歯が覗く。

「マリア」

ハインツがそっと呼ぶと、マリアは眩しげに目を細める。

「……今、声が……」

ハインツとマクシミリアンの声はよく似ている。数十年仕え続けているアモンでさえ時折間違えるほどなのに、マリアはうつらうつらしながらも聞き分けているらしい。

ふと、マリアは扉の向こうに視線を向けた。

その目がマクシミリアンの姿を認め、濡れたように輝いた。恋の喜びに潤んだ瞳だった。

「マックス」

マリアが手をついて身を起こそうとするのを、ハインツは背後から抱き留めた。止めたいのか、支えたいのか、もう自分でもわからなかった。

マクシミリアンが思わずといったように足を動かし、寝室に踏み込んできた。寝台に近づいてきて、大きな両手でマリアの両肩を包んだ。

「すみません。起こしてしまいましたか」

心地よさげに微睡《まどろ》んだ色違いの目が、マクシミリアンを見上げていた。

「マックス、帰ってしまうの……？」

童女のように不安げにマリアが尋ねる。

すると、普段は冷たいばかりの声が、赤子を宥めるように言った
「いいえ。父が勧めてくれたので、今日は泊まっていきます」

その言葉にマリアは小さく頷いて、くったりとハインツの胸に背を預けてくる。

ハインツはいっそう強くマリアを抱きしめ、その耳元に吹き込んだ。

「マリア、もうおやすみ。マックスはどこにも行かないよ」

「はい」

夢見心地のマリアは、いつもその瞳を翳らせている憂いを忘れたように素直だ。年相応の幼さで甘えてくるさまが可愛らしかった。

マリアはゆっくりと目を閉じ、ハインツに支えられて寝台に身を横たえた。

「旦那さま、ありがとう……」

ため息のような声でそう言って、マリアは再び眠りに落ちていった。

ハインツとマクシミリアンとに見守られながら。

ふた月前のあの日。

ハインツとマクシミリアンは、どちらの求めも拒まないよう彼女に言い渡した。

それはふたりが彼女を共有するという宣言であり、同時にマリアの心を壊さないように

するための逃げ道の用意だった。

まっとうな神経の持ち主ならば、不貞を許す夫、愛人である義理の息子、どちらの存在も信じられないだろうし、ふたりに交互に身を任せるなどできるはずがない。

そして何より、ふたりをともに愛し、愛されることを望む自身の心のありようを認めることができないだろう。

ハインツもマクシミリアンも、今だって、マリアを独占することを諦めてはいない。だが、どちらも選ばないと言った彼女を留めるには、罰と言い含め、彼女を共有するしか方法がなかったのだ。

マリアは、ハインツに対しては尊敬と感謝、そして贖罪の気持ちを抱いている。夫婦としての愛情も、ゆっくりとではあるが育まれている手ごたえがある。

またマリアは、マクシミリアンには、純な恋心と、他の男の妻であることの申し訳なさを感じている。

ふたりは、マリアの心を相反して蝕む、罪の意識につけこんだのだ。

世間は決して認めないだろう。神も許さないだろう。

だが、誰に誹《そし》られようともかまわない。

いびつでもよいのだ。

三人は、互いが互いを思い切れない。愛し、憎むことをやめられない。

罪と罰という見えない鎖《くさり》で、首元を繋がれているのだから――。

あとがき

はじめまして。藤波《ふじなみ》ちなこと申します。

このたびは、『ためらいの代償』をお手に取っていただき、ありがとうございます。

普段はウェブサイトにて細々と小説を書いています。初めて小説を本にしていただくということで、とても緊張しております。

『ためらいの代償』は、孤児院で育った主人公が、偶然に年上の大富豪に見初められ、後妻として嫁ぐところから始まります。夫に溺愛されて満たされた生活を送りながらも、二度と会うはずのなかった初恋の人が義理の息子だとわかり――、というストーリーです。

主人公は人妻で、二人のヒーローは実の親子です。

イラストをご担当くださった、みずきたつ先生には、三人もいるメインキャラクターを作者のイメージの何倍も素敵に美しく描いていただきました。表紙イラストでは三人の手の動きや小物など細部まで表現していただいていることに感激し、見た後しばらく胸がドキドキして眠れませんでした。本当にありがとうございました。

また、この作品を完成させることができたのは、担当のN様にたくさんのアドバイスをいただいたおかげです。右も左もわからない私を、根気強く温かく励ましてくださったことに、感謝の言葉もありません。

「歪んだ愛は、美しい。」を目指して、好きな題材を好きなだけ盛り込んで書いたお話です。読んでくださっている方に、背徳の三角関係のハラハラした感じをお伝えできていたら、そして少しでも楽しんでいただけたら幸せです。

最後に、ここまでお付き合いくださった読者の皆さまに、心から感謝申し上げます。

藤波　ちなこ

Sonya
ソーニャ文庫

この本を読んでのご意見・ご感想をお待ちしております。

◆ あて先 ◆

〒101-0051
東京都千代田区神田神保町2-4-7 久月神田ビル7階
㈱イースト・プレス　ソーニャ文庫編集部
藤波ちなこ先生／みずきたつ先生

ためらいの代償《だいしょう》

2014年6月10日　第1刷発行

著　者　藤波《ふじなみ》ちなこ

イラスト　みずきたつ

装　丁　imagejack.inc
DTP　松井和彌
編　集　馴田佳央
営　業　雨宮吉雄、明田陽子
発行人　堅田浩二
発行所　株式会社イースト・プレス
〒101-0051
東京都千代田区神田神保町2-4-7 久月神田ビル8階
TEL 03-5213-4700　FAX 03-5213-4701
印刷所　中央精版印刷株式会社

ISBN 978-4-7816-9532-7
定価はカバーに表示してあります。